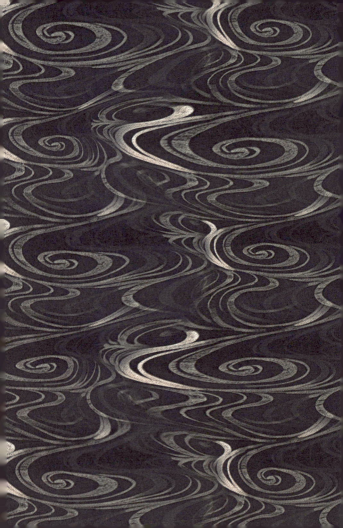

正雪绘马

半七捕物帐

はんしち
とりものちょう

[日] 冈本绮堂 著

陈雅婷 译

Beijing United Publishing Co.,Ltd.
北京联合出版公司

图书在版编目（CIP）数据

正雪绘马 / （日）冈本绮堂著；陈雅婷译 . -- 北京：
北京联合出版公司，2024. 9. --（半七捕物帐）.
ISBN 978-7-5596-7726-6

Ⅰ . Ⅰ313.45

中国国家版本馆 CIP 数据核字第 2024NJ8333 号

半七捕物帐：正雪绘马

作　　者：［日］冈本绮堂

译　　者：陈雅婷

出 品 人：赵红仕

责任编辑：周　杨

封面设计：吴黛君

北京联合出版公司出版

（北京市西城区德外大街83号楼9层 100088）

北京新华先锋出版科技有限公司发行

大厂回族自治县德诚印务有限公司印刷　新华书店经销

字数1284千字　787毫米×1092毫米　1/64　47.25印张

2024年9月第1版　2024年9月第1次印刷

ISBN 978-7-5596-7726-6

定价：298.00元（全十册）

『直呼啦』怪闻

一

开头须先解释何谓"直呼啦"。江户时代有一种呼唤远处人的器械，俗称"直呼儿"。对此，与其毫无章法地解释，不如直接引用大槻博士[1]《言海》中的释义更为简单明了。在《言海》"る(ru)"部有如下词条：

> 如呼儿（荷兰语 Rofle 音译），呼唤远处之人的传声器具，据传为荷兰人制造。铜制，形如喇叭，长三尺有余，贴嘴而呼远人。讹称"直呼儿"。呼筒。

---

[1] 大槻文彦（1847—1928），幕末、明治初期日本语学者，实名清复，人称复三郎，日本第一本近代国语辞典《言海》的编撰者。

"江户时代，也有人说应该叫'直呼儿'。"半七老人说，"但一般都叫'直呼啦'。照博士的说法，应该是'如呼儿'先讹变成'直呼儿'，再变成'直呼啦'，难怪往昔人会被现代人笑话，哈哈哈……其实我也是喊'直呼啦'的，如今装博学也没用，所以还是用叫惯了的'直呼啦'来说故事，还请你听的时候多担待。

"你们应该也知道，江户时代有《八笑人》《和合人》[1]《七偏人》[2]等滑稽本。其中《和合人》——这是泷亭鲤丈的作品——第三卷里写了个有趣的故事。两个游手好闲的伙伴土场六和矢场七为了吓唬朋友，借了个名叫'直呼啦'的

---

[1]《和合人》：《滑稽和合人》。全书共四卷十三册，前三卷为泷亭鲤丈著，第四卷由永春水所作，描写了和次郎等六名主人公漫无边际的嬉闹景象，与《花历八笑人》有异曲同工之妙。

[2]《七偏人》：梅亭金鹅著、梅之本莺斋画的一本滑稽小说，名称模仿《八笑人》，仿照中国的"竹林七贤"描写了七个游手好闲的江户人悠闲嬉闹玩乐的日常生活，反映了幕末混乱时期的世间百态。

器械，在秋雨潇潇的萧瑟夜晚，自远处呼唤朋友的名字。朋友打开滑门一看，外面没人；关上滑门，外头又传来叫唤。这群胆小者以为是貉子精的把戏，闹出好一阵骚乱。我记得《和合人》第三卷应该是天保十二年（1841）的作品，而接下来的故事里的人做出那样的事，或许就是从《和合人》里的直呼啦得到的灵感，不过也或许是他们与书中人的想法正好不谋而合。总之，事情围绕着直呼啦展开，就起名为《'直呼啦'怪闻》好了。"

安政四年（1857）九月，驹迁富士前町[1]后面俗称"富士里"一带至鹰匠官署[2]附近出现了一桩怪闻。

那一带全是农田，田间零星散布着农户。这

---

[1] 驹迁富士前町：今东京都文京区本驹迁三、五丁目本乡大道旁的一部分，驹迁富士神社附近一带。

[2] 鹰匠官署：今东京都文京区驹迁三丁目驹迁病院所在区域。

里还有一个特色是有众多造园师的花木场。不仅如此，这里还有许多寺院，以祭祀富士神的真光寺为首，有驹迁吉祥寺、目赤不动[1]、驹迁大观音亦即光源寺，此外还有其他大小寺院鳞次栉比，大街两旁的町村也多是寺院的门前町。这种环境可谓十分适合妖鬼怪闻的流传。

　　舞台在富士里附近，时节是旧历秋末，当时附近流传有一个妖鬼怪闻：在没有月亮的黑夜里，经过此地的人总会听到有人呼唤"喂，喂"，有时还会直呼其名。其声哀戚，不似凡人所发。胆小者纷纷捂住双耳匆匆逃走。即便偶尔有胆大者停下脚步高声回问"谁在叫我"，却无人应答。等他再举步欲前，便又有凄凄的呼唤声再度传来。那声音着实奇异，似远似近，又似从地底传出，闻声者多半会起一身鸡皮疙瘩，而后落荒而逃。

---

　　[1] 目赤不动：南谷寺。天台宗寺院，位于今东京都文京区本驹迁。寺中的不动明王是江户五色不动之一，称为目赤不动。

"诸位对此怪闻有何见解？"

住在鳗绳手的奥州浪人岩下左内环视在座的一众年轻人道。从驹迁岔口 [1] 通往浅嘉町 [2] 的奥州街道 [3] 的一部分俗称鳗绳手。此处地名的由来众说纷纭，但考证其来历对本故事来说并无必要，因而省去。岩下左内这位奥州浪人四五年前在此地开了个讲习所，白日教附近孩子们习字，晚上则转为武馆，指点年轻人柔术 [4] 和剑术。

江户末年，世间愈发动荡，外头甚至盛传恐

---

[1] 驹迁岔口：今东京都文京区弥生一丁目东京大学农学部正门前方区域的岔道口，江户时代为中山道和日光御成街道的分岔口，直走（即如今的本乡大道）为日光御成街道，往东拐（即如今的旧白山大道）则为中山道。

[2] 浅嘉町：今东京都文京区向丘一、二丁目一带。

[3] 奥州街道：经查证应为日光御成街道的一部分，只是日光御成街道会在之后的"幸手宿"汇入日光街道，而自"幸手宿"至北部"宇都宫宿"为止的道路是日光街道和奥州街道共用的，故有此说。严格来说日光街道和奥州街道并不经过本乡驹迁。

[4] 柔术：日本传统武术之一，利用空手或短武器进行投、抓、打、踢、擒拿等技术进行格斗。

怖谣言，说或许要与异国黑船[1] 爆发大战。因此，太平梦碎的江户市中，立志学武之人突增。不仅武士，甚至商人之中都出现了痴迷于武艺的年轻人，因此岩下左内的讲习所也十分兴隆，每晚都有武家次子三子、普通商家子弟等二三十名门徒聚集在此。师傅左内年约四十，皮肤黝黑，双眼炯炯有神，一看便像是个身手不凡的武者。

师母阿常非常年轻，才二十七八岁。夫妻二人的年龄之差在那个时代可谓极不相称。阿常是个文雅妇人，虽然有几分奥州口音，但妆容姿态都已是个地道的江户人。此外，她对谁都亲切和蔼，在门徒之间风评甚好。

"虽然师傅有些难以招架，所幸师母温柔。"

众门徒皆道如此。左内绝非恶人，只是对谁

---

[1] 异国黑船：前文已提过，嘉永六年六月三日，即公元 1853 年 7 月 8 日，美国海军准将培里率领舰队强行驶入江户湾的浦贺与神奈川（今横滨），武力胁迫幕府开港，史称"黑船事件"，日本称"黑船来航"。因当时的美国舰船通体涂黑，故称黑船，后以此泛指外国船只。

都很严格。尤其对弟子们，可谓已超乎严格，至于严酷了。不过对于白天前来习字的孩子们，左内多少会留些情面。可一站在夜晚的武馆中，弟子的一丁点小错也会引来他毫不留情的厉声呵斥。左内认为练武必须赌上性命，因此总是下狠手擒拿、抛投门徒，几乎让他们断气；还会用力击打门徒面门和身躯，令他们头昏眼花。偶尔有人精疲力竭地晕倒在地，他还会说如此软弱难以精进武艺，把门徒拉起来继续殴打。

即便他是师傅，这种教授方式未免太过粗暴，因此门徒之中也有人暗中怨恨左内。只是当时驹迁一带没有其他像样的师傅，他们只好强压不满忍受痛苦。再者，前面也说了，师母待人亲切，经常暗中温柔慰劳众人，门徒这才看在师母的面上忍气吞声。

这晚，武馆众人谈起了富士里的妖鬼怪闻。左内也听说了，便问一众门徒："诸位对此怪闻有何见解？"然而，在座的十七八人之中，竟无一人敢明确作答。若答得暧昧，难免遭师傅责骂。

众人惧怕于此，只得面面相觑。

"虽然世人把什么妖鬼传说说得煞有介事，但世间不可能有妖魔鬼怪。定是胆小者为风声、狐叫抑或鸟鸣声所惊，杯弓蛇影罢了。诸位可有人愿去一探究竟？"

一众门徒依旧彼此对视，无人敢上前一步接下任务。左内脾气如旧，忍无可忍地怒骂道：

"可悲可叹！我平日传授你们武艺，不就是为了此时？好，很好！你们胆小怕事畏畏缩缩，那便由我左内只身前去！"

他重新扎好腰带，站了起来。此举鼓舞了旗本家的二公子池田喜平次和酒铺少爷伊太郎，两人跟着站了起来。

"师傅！我等愿与您同去！"

"嗯。无论是谁，要来便来。"

左内腰间配上长刀，头也不回地走了出去。妻子阿常深知留不住丈夫，只好默默目送他们离去。喜平次和伊太郎也解开腰带重新扎好，相继跟了上去。

九月末的暗夜湿气浓重，天幕低垂，只有三四颗朦胧星子似有若无地扑闪着。

二

其角[1]有一俳句：这厢纲往伐妖鬼，那厢雨夜说风言。说的是众人刚目送渡边纲[2]前往讨伐罗生门之鬼，同伴平井保昌[3]、坂田金时[4]等人便开始嚼起他的舌根子来，说："阿纲那家伙，不知能否顺利消灭妖鬼。"此乃古今不变的人之常情。今

---

[1] 其角：宝井其角（1661—1707），江户时代前期俳谐师，松尾芭蕉的弟子，"蕉门十哲"之一。

[2] 渡边纲：日本平安时代中期武将，赖光四天王之首。相传他曾讨伐盘踞在平安京罗生门的鬼，在激烈的战斗后砍下其一只手臂。

[3] 平井保昌：平安时代中期贵族，实际名为藤原保昌，因官拜摄津守而居住在摄津国平井，因而又称平井保昌。武略上佳，与源赖信、平维衡、平致赖并称"道长四天王"。

[4] 坂田金时：平安中期武士，赖光四天王之一，幼名金太郎，常在后世歌舞伎、话本传说中出现。

晚师傅与喜平次等人离开后，余下的十五六名门徒也纷纷议论起来。师母阿常也出来加入其中。外廊下传来蛐蛐声，夜里如丝的凉意缓缓渗入众人衣领。

"师傅好慢啊。"有人说出此话时，已近夜晚四刻（晚上十时）。

"是啊……"阿常也有些不安地说。

鳗绳手离富士里并不远，往返花不了多少时间，但眼下还不到三更，兴许那怪声还未响起？师傅他们许是为了等那怪声响起，才在那边静候？此种意见占据多数。时辰又过了半刻，左内等人依旧没回来。

"也不知是怎么了。该不会出什么事吧……"阿常又不安地说。

如此一来，众人在师母面前也渐渐沉不住气。有七八人接连起身，说为防万一，要去看看情况。外头一片漆黑，阿常让他们提上灯笼。

如今不仅是看在师母面上，众人各自心中也莫名升起了一股忐忑之情，便由一人提着灯笼打头，众人疾步前行。然而一行人没有明确目标，只好先去富士里四处找找。正当他们自高林寺门前来到吉祥寺门前时，有两人自小径走出，见着灯笼火光便开口问道：

"你们从武馆来的？"

是池田喜平次和伊太郎的声音。一行人异口同声地答道：

"正是，正是。师傅呢？"

"师傅……我们中途走散了。"

"师傅走散了……"

"到处都找不着。"

据喜平次等人报告，他们跟着师傅左内先巡视了一圈富士里，结果并未听见怪声。他们想兴许是时刻尚早，便在田间穿行，从鹰匠官署绕回到吉祥寺后方，途中也只听见草丛中微弱的虫鸣和林间树梢上猫头鹰的叫声，并未有可疑怪声。左内笑着说，自己的推测果然不错，定是胆小者将风声、狐叫声、猫头鹰叫声听错了。

左内又说，既然来了，便要几次三番反复详

查，于是再度折返，往富士里方向走去。一行三人沿着昏暗的田埂前进，经过大泉院的神明宫时，三人发现一大片没有住家的耕地。路边是三百多坪的草地，其中一隅是片高大的杉树、榉树林。那树林附近传来微弱的"喂，喂"声。三人立刻停住脚步，竖起耳朵，只听那呼唤声不断传来。眼下不容耽搁，左内循着声音往前走，喜平次和伊太郎紧随其后。不巧的是，当晚无月，三人又未提灯笼，此刻只能循声而往，踏着秋草摸索前行。

待三人终于来到树林边时，怪声也停止了。可这样就无法继续追踪，三人站在黑暗中仔细倾听了一会儿，不久又听另一个方向传来呼唤声，喊的还是"岩下左内，慢点，慢点"。既然对方清晰喊出了自己的名字，那就不可能是错听的风声或猫头鹰叫声。左内大喊："谁在叫我？谁？出来！"那怪声并不回应，只是一个劲叫左内的名字。左内心下焦躁，追寻怪声而去，谁知又从另一个方向传来了"岩下左内，喂——"的呼声。

喜平次和伊太郎已有些害怕。正如传闻所说，那声音与普通的人声截然不同，似远似近，似哀哭又似嘲笑，叫人难以捉摸。那究竟是谁的声音？若是人，总该有脚步声，而对方却能悄无声息地往前、往右移动，这着实怪了点。思及此，两人莫名生了怯意，不禁放慢了脚步，而左内却毫不迟疑地往怪声传来的方向追了过去。那怪声嘲笑般说道：

"就凭你们也想看清我的面目？我可是长年居住于此的白狐！"

"畜生，总算报上了名号！你这臭老狐！"

左内拔刀勇往直前，循声而去，可那怪声却就此断绝。不久，左内的足音也消失了。若弄丢了师傅，回去可没法交代，于是喜平次和伊太郎再度鼓起勇气追了上去，可惜左内的身影早已隐入黑暗之中。两人喊着"师傅，师傅"，不仅找了树林，还拼命在草地、田埂间四处穿行，却始终听不到左内回应。两人无头苍蝇般东奔西跑，最终精疲力竭。

"不行了，回武馆拿灯笼，再出来分头找吧。"

两人不得已往回走，不料竟在吉祥寺门前遇上众人。众人听罢两人的报告，顿时哗然。一盏灯笼显然是不够的，家住附近之人便回家拿来了自家灯笼。其中一人返回武馆报信，其他人则都飞奔起来。在喜平次和伊太郎的带领下，总共十七八人挥舞着五六盏灯笼，分成两组搜寻左内。

看江户地图也能知道，这一带农田广阔，而且人烟稀少，大部分都是耕地、森林和草地。两组搜查队边呼唤师傅边沿着黑黢黢的道路前进。忽然，伊太郎领头的那一队人发现了倒在路旁的师傅的尸体。那里矗立着一棵大赤杨，树下是一条细长的畦沟。左内身有多处伤口，头枕着树根躺着。

这时节天气已经转凉，早晚都一派寒气逼人的肃杀样子。五天后，天色有些阴沉，仿佛要下阵雨。八刻半（下午三时），两名男子正在富士里的田间路上闲逛，正是半七和小卒龟吉。

"头儿，我不懂。求您别卖关子了，告诉我吧。那怪声是怎么来的？我想来想去还是不明白。"龟吉边走边说。

"都从神田走到驹迂了，你还想不出来？"半七笑道，"我可清楚得很。是直呼啦。"

"直呼啦……啊，懂了，懂了！"龟吉笑道，"从荷兰传进来的，用来呼唤远处人的工具……看着很像吹箭筒的那个……原来如此，绝对没错。我见过一次。"

"我也在某处武家宅邸里见过一次，所以这次一听这案件就觉得应该是它。只是有一点不明白，案犯为何要用直呼啦吓唬过往行人？是犯浑捣蛋，还是有什么内情？不管怎样，剑术师傅被杀一案与直呼啦脱不了干系，我们必须追查一番。原本该早些过来查访的，现在过了几日，有些棘手了。算了，尽力而为吧。这一片多是寺院门前町，町奉行所的手伸不进来。那些歹人恐怕是看准了这点，才盘踞于此。"

在附近转了一圈后，半七停在某造园师家门

口。前面说过，这一带有许多造园师家的花木场。半七推开摆样子用的木门，喊道：

"喂，老爷子在不在？"

"哟，头儿……这就来。"

柿子树上传来回应，接着，一个五十四五岁的男人抱着个笸箩下了树。他便是造园师嘉兵卫。

"结了好多柿子呀。"半七望着红澄澄的枝头道。

"哪里，时节已经晚啦……今年被二百十日 [1] 的台风打落不少。"

嘉兵卫领二人进屋。他媳妇端来烟盘、点心。半七等人坐在外廊上吸起了烟。

"听说这里最近总能听见怪声，你怎么想？是狐狸、貉子之流捣的鬼吧？"半七漫不经心地问。

"是啊。"龟吉点头道，"听说是自古栖息于此的老狐干的好事。"

---

[1] 二百十日：日本的一个杂节，指自立春起的第 210 天，常有台风，被视为灾厄之日。

"这里住着坏狐狸？"

"以前都没听说过，只是据说前阵子那晚，它自报家门了……那老狐说自己是长年居住此地的狐狸，而且有两个人听见了，应该是真的。"

嘉兵卫说，那两人分别是池田家的二公子喜平次和酒铺冈崎屋的少爷伊太郎。

"可是，狐狸不会砍杀人，只会咬杀人吧？"龟吉嘲弄道，"不过世上那么多狐狸、貉子，当真无奇不有。"

"别乱说话。"半七训斥道，"老爷子，你知不知道那池田家二公子和冈崎屋少爷是怎样的人？"

对此，嘉兵卫是这样说的。池田宅邸在小石川原町[1]，是年俸二百五十石的小普请组[2]。嘉兵卫与他们的邻居有来往，听说池田家养着许多冗

---

[1] 小石川原町：今东京都文京区白山三、四、五丁目和千石一丁目的一部分。

[2] 小普请组：江户幕府组织之一，幕府直属的旗本、御家人之中，家禄3000石以下的无官职者均隶属小普请组。组内武士没有规定职责，多数忙于训练与教育，一般也没有面见将军的资格。

杂闲人，因而家计十分窘迫。嘉兵卫虽未见过二公子喜平次其人，但听说他二十四五岁了还未入赘别家，至今仰赖家中养活，正修习剑术。冈崎屋少爷伊太郎年纪与喜平次相仿，父亲伊右卫门五六年前去世，只剩母亲阿国。伊太郎本来有个媳妇叫想世，但二人于今年三月和离，想世回娘家了。冈崎屋在小石川白山前町 [1]，前妻想世的娘家也是酒铺，在小石川指谷町 [2]。双方家里是同行，住得也近，免不了互相争夺主顾。这成了两家交恶的源头，最终断了亲家缘分。其他的事，嘉兵卫也不清楚了。

"多谢。知道这些，我便大致明白了。"半七点头道，"老爷子，你可曾听过那怪声？"

"没有。我倒也想听一次，以作平日的谈资，可惜没那个运气，至今没听见过。"

---

[1] 小石川白山前町：今东京都文京区白山一、五丁目的一部分，是白山神社的门前町。

[2] 小石川指谷町：今东京都文京区白山一、二、四、五丁目的一部分。

"就算听见了，也谈不上运气好。"半七笑道，"那现在还能听见那怪声吗？"

"自武馆师傅被杀那晚后便销声匿迹了。不过听说昨晚又有人听见了。不，也不是听说，而是真有人受伤了。"

"受伤……是谁？"龟吉探头道。

"我有个同行叫六藏，住在吉祥寺后面。他那儿有个叫长助的年轻人，昨晚浑身是血地跑回来。六藏以为他跟人打架，仔细一问才知是遭了袭击……听说他正在黑漆漆的路上走，突然听见后头有人语带哀切地喊他。他想到了怪声一事，加之年轻气盛，就边喊'是谁'边冲着声音传来的方向去，结果遭人劈脸打来，左边额角裂了好大一个口子，血流得满脸都是。长助一度头昏眼花，靠在旁边的树上恍惚了好一阵才缓过神来，好歹平安回了老板家。大家都认为此事与武馆师傅被杀一事相同，也是老狐作祟。听说长助的伤像是被石头或什么东西砸的。"

嘉兵卫皱着眉头说，剑术师傅被杀，造园师

家的匠人被打，这样可怕的事件接二连三发生，实在伤脑筋。

三

出了造园师家，天色愈发阴沉。

"头儿，接下来去哪儿？"龟吉望着天空问道。

"你去吉祥寺后面的造园师家找那个长助问问，求证清楚他昨晚是否真听见了怪声。还有，想你应该挺机灵的，但务必查清楚他是真被打了，还是在扯谎。"半七说。

"是，遵命。"

"我去一趟白山町和指谷町。"

"咱们到时在哪儿碰面？"

"白山町有家叫屉屋的小食铺，到时在那里见。"

在吉祥寺门前与龟吉分开后，半七从驹迁

菜场[1]来到了鳗绳手。经过岩下的讲习所时自门口朝里张望了一番。虽说是町中的讲习所，位置却离街道较远，此地常见的杉树篱之内似乎还有一块小菜地。照理说，师傅死后这里应该不再授课，但里头却不知为何颇为嘈杂。半七掐指算算，发现明日就是剑术师傅左内的头七，今晚是忌日前夜。

走过五六间距离后，一名商人打扮的年轻男子与半七擦肩而过。半七回头一看，那男人打开讲习所大门走了进去。那个年轻男子年纪二十三四，肤色微白，看着很顺眼。半七心忖那应该是冈崎屋伊太郎，但转念又觉得眼下不是将他喊过来盘问的时候，于是继续往白山町走去。

冈崎屋铺面颇大，铺里有三名年轻伙计和两

---

[1] 驹迁菜场：今东京都文京区本驹迁一丁目从旧白山大道白山上路口向东北方向延伸，通往本乡大道驹本小学校前路口的一条小径。江户时代，此处是与神田、千住齐名的三大果蔬交易场所之一，附近农户会挑着自家种植的果蔬来此贩卖。小径一头的天荣寺内至今留有驹迁土物店缘起碑。

名小伙计正在忙碌，还有一块写有"八丁味噌"[1]的旧招牌。账房内坐着一个四十四五岁的妇人。半七心想，那应该是伊太郎的母亲阿国。半七返回，再往指谷町走去，瞧见了酒铺伊丹屋的门帘字号。这里便是伊太郎前妻的娘家。半七径直走进铺内。

"喂，你是这儿的老板还是掌柜？"半七问账房里一名四十来岁的男子。

"是。我是这儿的掌柜。"男子搁下记账的毛笔回答。

"你家老板在里头吗？"

"不，我们这儿只有老板娘当家……"

"那看来和冈崎屋一样。"

"正是……"掌柜有些疑惑地望着半七。

"主家可有儿子？"

---

[1] 八丁味噌：今爱知县冈崎市八帖町（旧八丁村）生产的味噌，因受冈崎出身的德川家康青睐，于江户时代持续经过海运送入江户。据说在建造德川家康的店堂日光东照宫时，木匠们的食物里就用了八丁味噌。

"有，但还未成年……"

"女儿呢，有几个？"

"两个。"

"哎，此番是我不对。"半七笑道，"突然来访不说，还一上来就打听别人家事，也难怪你会起疑。其实我是为公家办差的，来此叨唠是为了查案，可否麻烦你让我见见老板娘？"

一听对方是为公家查案的，掌柜倏然端正态度，立刻起身去了里头，不一会儿又出来，恭恭敬敬将半七领了进去。面朝庭院的八叠房中，兴许是前代家主的品味不凡，凹间和博古架修得相当精致。半七暗忖，这家的家底应当是十分殷实。

不久，女主人阿胜出现，客气地问候半七。掌柜也侍坐一侧。

"其实我想问的事也不复杂，站着就能聊完。只是在店头不太方便，这才请掌柜的带我进来。"半七当即开口，"其实我此番前来不为别的，听说您有两个女儿？"

"是。大的嫁去了下谷，"阿胜回答，"小的原本也嫁去了附近人家，只是……"

"是想世小姐，嫁去了白山町的冈崎屋吧？我听说想世小姐与冈崎屋少爷和离是因为两家生意上的竞争，可是真的？"

阿胜似乎不知该如何作答，悄悄回头看向掌柜，于是后者代答道：

"这个嘛，的确如此……您也知道，同行相斥……其实两家也没起冲突，说来说去还是有缘无分……"

半七听着掌柜的语气，又看了看老板娘的脸色，接着徐徐说道：

"掌柜的，我是来办案的。若你们有所隐瞒，我也很为难。我保证不会给你们添麻烦，可否请两位如实相告？贵府二小姐与冈崎屋少爷和离，应当还有其他缘由吧？我便是来打听这个的。"

"多谢头儿厚意，但此事确是因同行相争而起，双方家长有了罅隙……"掌柜推拒道。

"不仅双方家长，小两口自己也处得不好……"

阿胜也附和道。

当母亲的说，去年五月，十八岁的想世嫁到冈崎屋，当时和合圆满，谁知过了大约半年，夫妻之间摩擦不断，最终在今年三月和离，如此而已，并未有其他隐情。

同业之间争夺主顾，闹得两家家长不欢而散，这样的事十分常见。夫妻二人感情不和也是常有之事。这么看来，这姑且算个合理的和离理由。可半七却不以为然。

"看来与你们是说不清楚了，还请叫想世小姐出来。我还是问她本人吧。"

"这，二小姐眼下不在家……"掌柜慌忙婉拒。

"不要撒谎！"半七呵斥道，"既然如此，没法子，就由我来说吧。冈崎屋少爷外头有别的女人，便是此事引发了争执，最终导致夫妻和离。简单来说便是如此，没错吧？"

阿胜和掌柜似吃了一惊，扭头对视一眼。半七一言不发地等待他们回应，此时，身后的纸门后传来了某个声音，似是女人在啜泣声。半七迅速起身拉开纸门，只见一年轻女子正用袖口掩着苍白的脸颊，俯首哭泣。

四

半七离开伊丹屋，返回白山町。此时日头已快落山，中途竟哗哗下起了阵雨。

但这点雨也不至于买伞，半七便用手巾蒙住头，跑进小食铺屉屋，发现龟吉早到一步，正等在门口。

"这雨终于下起来了。"

"这阵子都这样，真没办法。"半七带头上了二楼。

包间是狭窄的四叠半间。等待上菜时，龟吉小声说：

"我去了吉祥寺后面，老板不在，但那个叫长助的年轻人头上缠着带子。我抓着他问了一通，他说他昨晚去了别处赌钱，过了四刻半回富士里时，就听见了那怪声。听说叫的不是'喂，喂'，而是个女人的声音说'请问，请问'。我又问他，当真是女人的声音？他说听着的确是……那小子，感觉畏畏缩缩的，不肯把话说清楚。总之，他边问是谁边朝声音的方向走，结果被人用石头之类的东西砸中了额头，晕了一阵。他只说了这些，说是具体情况他也记不清。我听得有些焦心，就稍微吓唬了他一下。没想到那小子骨头太软，吓得脸色煞白，几乎要哭鼻子，说自己真的没撒谎，让我饶了他，我只得作罢回来了。"

"原来如此。"半七点头，"本以为长助那小子不能放着不管，可既然他那么没骨气，那便先放一放吧。我去冈崎屋少夫人娘家查了查，应当是冈崎屋伊太郎和武馆师傅的妻子通奸，少夫人想世才与他和离。想世小姐对伊太郎还余情未了，哭得可伤心呢。"

"这么看来，是伊太郎杀了师傅？"

"应该是。不过应该不是他一个人干的。当晚与他同去的池田家二公子……喜平次那厮想必也帮了忙。"

"他也被伊太郎笼络了？"

"不是说池田府中拮据吗？他又是个米虫二公子，二十四五了还在家吃闲饭，想必也没几个零花钱。恐怕是利欲熏心，帮着伊太郎杀了师傅。"

"当真狠心。"龟吉叹道。"世风日下啊。"

"杀人分很多种，弑亲自不必言，弑主或弑师也都是重罪。这案子越来越严重了。话说回来，直呼啦究竟是怎么回事？"

"难道不是他们用直呼啦诱师傅出来？"

"若是这样，他们还须有一个同伙。"半七半眯起眼，"徒弟那么多，再笼络个同伙也不是不可能……可是，虽说这世道坏了，弑师之人真能一下冒出来那么多？有些难以置信。全江户有直呼啦的人应该不多，若能查出谁有那东西就好办了……"

"不如先不管直呼啦，先将当前的成果递交给寺社奉行所，将冈崎屋的伊太郎抓捕归案再说？"

"可眼下还没有确凿证据。此事不比其他，罪责深重，决计不能胡来。好了，容我再想想。"

叫的酒菜送到，二人默默喝酒。阵雨下了一会儿便停了，日头已经完全落山，女侍端来烛台。半七望着摇曳的烛光思索了半晌，忽然灵光一现般说道：

"今夜是被杀的剑术师傅的忌日前夜，岩下的讲习所白天便忙忙碌碌的。大约聚集了不少弟子。若去那边撒网，兴许能钓到鱼。"

"就这么办！"

两人匆匆吃完晚饭，离开了食铺。前往鳗绳手途中，半七又说：

"喂，阿龟，我左思右想，虽不知那直呼啦是在筒子上安了什么机关，但既然要用它呼唤远处人，想必需要相当大声地喊叫。即便是行人稀少的田间路，若站在路中央大吼，一定马上就会露底，故而案犯定是躲在近处低声呼唤。也就是说，那人虽不能就在人家背后，但也一定离得不远。若他们当时能平心静气地探查，大抵是能发现些什么的，只是大伙都吓得慌了神。"

"您说得对，肯定不是在很远的地方唤人。那今晚先去盯梢？"

"嗯。看讲习所的情况，盯一下也好。"

说着，两人回到了岩下讲习所附近。与丧家无关之人自然不能进门吊唁，两人便从树篱处往里窥探。因关着纸门，看不清房间里的状况，但从印在纸门上的影子来看，里面人数众多，还能听见僧侣念经、敲钲的声音。

"里头人很多呀，乱糟糟的。"龟吉悄声道。

"嗯。人都挤在一块儿，咱也做不了什么，但也说不准接下来会发生何事，总之再忍忍。"

半七话音未落，里头果然发生了件怪事。一个低沉的怪声不知从哪儿传来，对着房间纸门喊道：

"夫人……岩下夫人……别念经啦。"

声音惊动了半七和龟吉，两人立即四下张望，却因夜色太黑，寻不见声音源头。屋里的人似也受了惊，有两三名男子拉开纸门来到外廊，但也未能寻得声源，又嘀嘀咕咕地进了屋里。半七二人竖起耳朵，只听黑暗中又传来怪声。

"夫人……夫人……亡魂不高兴啦，马上要变鬼出来啦。"

纸门又被拉开，这回一下冲出来七八个人。他们仔细查看黑暗的庭院，其中两三人来到庭院，四下搜寻各个角落，好像在试图确定怪声传来的方位。

"什么声音？"

"哪儿发出来的？"

他们此起彼伏地咒骂着，也有人从屋内拿来供在灵前的蜡烛，照亮庭院。然而，他们未能找到任何怪异之物，怪声也不再响起。众人无奈，只好再度回到屋里，谁知那怪声却跟看准了时机一般又喊道：

"夫人……夫人……"

方才便竖起耳朵倾听的半七小声吩咐龟吉：

"找到了。你扔块石头砸那边的屋顶。"

房屋东边有一小块空地，旁边是一家僧衣铺。由于做的不是来往行人的生意，那铺子一到傍晚便早早关了大门，只有旁门的纸窗上映出昏暗的灯影。半七判断，那怪声正是来自僧衣铺屋顶。

两人摸索着从地上捡起一块小石头，往邻家屋顶抛去。黑夜里丢石头，自然看不见明确目标。照着位置瞎扔出去的小石头啪啦落下，好似吓坏了怪声的主人，只听屋顶上传来逃窜的脚步声。这一带的房顶多是铺的木板，而隔壁那家虽是平房，却是铺瓦的。那瓦顶被傍晚的阵雨淋湿，上头的人似乎脚底打滑摔了下来。

"快！别让他逃了！"

半七和龟吉飞奔了过去。

五

"妖鬼怪闻到此结束。"半七老人笑道。

"滚落屋顶的是谁?"我当即问道。

"是附近当铺的儿子辰次郎。虽已十九岁了,但有些呆傻,不能当成年人看……要说他为何持有直呼啦,那是自家铺子里的典当品。你应该也知道,江户时代,荷兰人每五年入江户谒见将军一次,通常在二月二十五日前后抵达江户,三月上旬登城觐见,住处则固定在日本桥本石町三丁目的长崎屋,老板叫源右卫门。拜谒将军时,自然要献上种种礼品,也会给各方差役赠送礼物。那直呼啦便是当时赠予一位在场翻译官的,后来那人又因某事当了它。这并非死当,便被郑重保存在了库房里。可呆傻的阿辰见那直呼啦新鲜,便悄悄拿了出去。其实不只阿辰,还有一个人在旁挑唆，就是吉祥寺后造园师家里的年轻伙计长助。这人表面装不知情，实则唆使阿辰干了这等浑事。"

"这么说，阿辰是觉得好玩才做的？"

"没错。阿辰和长助都没有更深的心思，只是觉得好玩，吓唬往来行人而已。只是这恶作剧横生枝节，竟闹出了一桩杀师案。前面也说了，岩下左内是个大老粗，媳妇阿常比他年轻了十二三岁，又有了江户习气，便不知何时与门徒伊太郎有了苟且。但为了世间体面，伊太郎娶了伊丹屋二小姐，私底下又有阿常这个女人，终究没能周旋过来。媳妇娘家似也隐隐察觉了伊太郎与师母之间的不寻常，最终导致夫妻和离。

"媳妇那边姑且算解决了，可阿常与伊太郎的关系解决不了，他俩的关系不可能永远瞒得密不透风。门徒之中，最先发觉的是池田喜平次。他暗中威胁伊太郎，以此索要零花钱。喜平次虽是穷旗本家的二儿子，二十五岁了还在家中当米虫，但他武艺非常不错，本就是抱着之后自己也开武馆的心思在学习……到此为止一切尚好，坏就坏在突然就撞上了这件事，那便是阿辰的直呼啦。

"岩下左内手下的那两个坏徒弟各有各的心思。伊太郎心里琢磨着，万一自己和师母的奸情败露，照师傅平素的性子，他决不会咽下这口气，定会当场惩办自己，不如自己干脆杀了师傅，与阿常长相厮守。喜平次则想着，武馆内已没有武艺高过自己的人，不如干脆杀了师傅，夺走武馆据为己有。换句话说，二人中一个为色，一个为财，两双眼睛都盯着师傅左内，彼此心里都在盘算着该怎么弄死师傅。此时恰好流传起富士里的妖鬼传说，这对二人来说是意外之喜，对师傅左内来说则是飞来横祸了。"

"这么说，是喜平次和伊太郎利用了那个传闻？"

"只要顺利铲除师傅，喜平次在夺得武馆之外，还能从伊太郎那里收到大量酬金，所以他也彻底沦为歹人。接着，两人按照事先商量好的计划，在师傅面前提起富士里的妖鬼传说，左内果然依着性子大剌剌地说要去查清真相。两人追随而去。

一切正中二人下怀，左内暗夜遇袭……下手的是喜平次。他们在其他弟子面前蒙混过关，验尸完毕，葬礼结束，总算糊弄到了当晚的法会，第二天便是头七扫墓之日，结果又听见了那怪声。

"要说阿辰为何要做这样的恶作剧，其实左内被杀那晚，阿辰也拿着那直呼啦在富士里一带游荡，躲在树荫背后看见了喜平次他们偷袭师傅。当时天色黑暗，其实看不清对方是谁。可是，所谓恶有恶报，喜平次和伊太郎杀死左内后交谈了一阵，还拿出事先备好的便携灯笼，让喜平次在畦沟里洗净了满手的血。如此，阿辰便看清了两名凶手的脸。第二天，阿辰便将此事告诉了造园师家的长助。长助起初备感错愕，告诉阿辰这种事不能乱说，让他绝对不要声张。长助害怕，若将这次偷袭之事张扬出去，直呼啦一事也会败露，届时不单阿辰，教唆阿辰的自己也会惹上大麻烦。不单是现在，往昔的人也很怕自己受到牵连。"

"打长助的是谁？是阿辰吧？"

"如君所料。长助因为害怕受牵连，自偷袭事件之后便嘱咐阿辰不要再拿直呼啦出来玩。阿辰一开始也听话，可他本就有些呆傻，消停了三四日就又拿出来了。当时长助正好路过，当下痛骂了阿辰一通，还要收走直呼啦。阿辰不肯，陡然举起直呼啦用力朝对方额头打了过去。那东西长三尺有余，又是个铜制喇叭状的东西，用力砸到头上可不是那么好受的。长助看阿辰是个傻子，根本没把他放在眼里，结果猛然受了这么一击，当下头昏眼花了好一阵，阿辰便趁机逃了。可长助又不能公然冲进阿辰家讨说法，只好打碎牙往肚里咽，就此作罢……这时又逢龟吉去审问他，他愈发吃不消，只好扯了些谎言糊弄。结果一切败露，长助被逐出当地。

"另一方面，阿辰虽有些呆傻，可在目睹暗杀一事后，似也无法昧着良心闭口不言。头七前夜，他知道岩下的讲习所里聚集了许多人，便在隔壁屋顶用直呼啦喊话。说是恶作剧，的确是恶作剧，但他只是想委婉警告师母而已，也算是傻人想出的傻办法吧。当然，他并不知晓岩下夫人和冈崎屋少爷之间的关系。但傻人也不容小觑。正因阿辰滚落屋檐，被我们抓住后又开口说出了一切，剑术师傅被杀一案才得以探明。"

"喜平次、伊太郎和阿常都被捕了？"

"由于冈崎屋位于白山町，我们先知会了寺社奉行所才逮捕伊太郎。阿常也被捕了，但她只承认自己与伊太郎通奸，坚决否认参与暗杀一事，但因奸夫伊太郎已招供一切，两人都在游街示众后受了磔刑。喜平次不知去向。据说他的父母兄弟知晓此事后，趁事情还未闹上台面，逼他在家里切腹自尽了。倒霉的是翻译官深泽，他典当直呼啦一事被捅出来，虽未受上头责罚，但颜面尽失。阿辰的双亲疏于教子，让自家傻儿子将直呼啦拿了出去，乃至引发骚乱，夫妇俩也因此受了严惩。傻儿子拿了铺里的典当品每晚在外头闲逛，父母和家丁却对此一无所知，实在太过疏忽大意，受什么惩戒都无可辩驳。父母会给身有残缺的孩子更多关爱不假，但坏就坏在他父母宠爱过了头。审讯期间，阿辰本被交给町差役看管，结果他不知怎么逃了出去，跑到富士里的树林中上吊了。之后又传出阿辰的鬼魂出没的流言，又是一场骚动。这世上可真是魑魅魍魉层出不穷哪。"

02

吉原屋的恶之花

一

明治三十年（1897）三月十五日拂晓，位于吉原仲町 [1] 的拉客茶馆 [2]"桐半"后厨起火，致使游郭内大约一百六十户人家被烧毁。当然，不仅拉客茶馆，连赁屋 [3] 也大半化作了灰烬，可谓是一场吉原近年来的重大火灾。四五天后，我去拜访半七老人时，他聊起了这场大火。

"听说吉原被烧了大半。不会跟你小子有干

---

[1] 仲町：位于吉原游郭中央的一条大道。

[2] 拉客茶馆：为妓院拉客，供恩客歇息等候的茶馆。

[3] 赁屋：明治五年（1872）政府颁布《娼妓解放令》，宣布解放各类娼妓，废除娼妓与妓院之间的一切债务关系之后，日本政府为了维持公娼制度，将"游女（妓女）"更名"娼妓"，将"游女屋（妓院）"更名"贷座敷（租赁屋）"继续运营。此后"贷座敷"就成了妓院的官方名称。这里翻译为"赁屋"。

系吧？"

"您真会开玩笑。不过那里六七年前遭过火，这次又遭了火，真惨啊。"我说。

"确实很惨。"半七老人也皱起了眉头，"吉原的青楼就似与火有仇，在江户时代也时不时发生火灾，有好几次被烧得精光。毕竟那么狭窄的地带上建了一大片房屋，而且和现在不同，江户时代的吉原，不管生意做得多大，屋顶也必须铺木板，所以一旦遭火后果不堪设想。一旦哪里迸出个火星，就会连着把一整片都烧光，因此伤员也很多。大量恩客入屋，又是通宵的营生，对火烛的警惕自然也就松懈了，因此本就容易发生火灾，再加上时不时还有人故意纵火。娼妓之中也有纵火的家伙，其中有一个叫大阪屋花鸟的，那可真是个心狠手辣的女人。"

"大阪屋花鸟……似乎听过这个名字。哦，想起来了，柳亭燕枝[1]的落语里出现过。"

---

[1] 柳亭燕枝：落语家的头衔。

"没错。是燕枝的人情话[1]，名字应该叫'岛千鸟冲津白浪'。这故事他在台上经常讲，也曾被改编成戏剧。花鸟那件事发生在天保年间。天保年间吉原发生过两次大火灾，一次是发生在天保六年（1835）正月二十四日，全廓被烧毁；第二次在天保八年十月十九日，也是全廓被烧毁。虽然世间都说这第二次大火是花鸟纵的，但实际上，她只烧了自己所在的大阪屋，并没有引起那场大火灾。还有传闻说她是为了帮助一个叫梅津长门的浪人逃跑才烧了自己的房间，但那应该只是杜撰出来的故事而已。花鸟手脚不干净，经常趁客人睡觉时偷东西；也很任性，和妓院老板相处得很差。虽然容貌姣好、外表华丽，但因为坊间盛传她有盗癖，找她的客人越来越少，欠债越来越多，老板视她为眼中钉，同业的姐妹们也讨厌她，最终她有些自暴自弃地点着了自己的屋子，打算

---

[1] 人情话：落语故事的一种题材，一般描绘亲子、夫妇等人间情爱。

趁乱逃之夭夭。当时一度让她逃出了游郭，后来还是被抓了回来。这事发生在天保十年，本来纵火是要被判火刑的，但花鸟巧舌如簧，竟然辩称自己长期遭老板虐待，忍无可忍之下才放的火，于是衙门就……用现在的话说就是酌情减刑，让她罪减一等，改判流放八丈岛了。如果她能就此知足感恩也就罢了，没想到她身为女子却胆大包天，竟在次年——也就是天保十一年——逃出孤岛，悄悄潜回了江户。这样的女人回了江户能干出什么好事？终究是罪上加罪。"

"她做了什么坏事？"

"哎呀，你不要一上来就掏出记事本。这事发生的时候我还年轻，实际指挥的是神田的吉五郎。虽然他后来成了我的养父，但在那时，我还只是遵照他的指示为他到处跑腿而已，可能没法把一切都讲得很详细。不过我就一边回忆一边慢慢和你说吧。"

天保十二年三月二十八日，浅草寺的观音菩

萨像开龛了，也就是所谓的"居开帐"[1]。浅草观世音声名在外，开龛之后每天都有大量民众前来参拜，奥山的骡马集市等活动也广受好评。

香客之中有一对母子，他们是日本桥北新堀町一家叫"锅久"的铁器铺的主人。虽说是铁器铺，但锅久主要批发贩卖锅釜，据说其产业仅次于当地世家"釜浅"。前任当家久兵卫前几年去世了，这一代久兵卫还只是个二十岁的年轻人。[2] 除了久兵卫之外，前来拜谒观音的还有久兵卫的母亲阿绢、婢女阿直和店里的小学徒宇吉。这天是三月二十九日，天阴沉沉的，四人刚出家门就觉得天约莫要下雨。可第二天是月底晦日，店里怕是走不开，于是母子二人就让婢女和小学徒准备了雨伞，下定决心出了门。

---

[1] 居开帐：寺院供奉的本尊在本寺开龛。相对的有"出开帐"，即寺院本尊送往他处进行开龛。

[2] 日本某些家族有族长袭名的习惯，即每一代族长都沿袭同一个名称。此处很可能是锅久的每一代家主都叫"久兵卫"。

来到浅草寺一看，寺里比想象中还要拥挤，进了雷门[1]之后简直是摩肩接踵，连活动一下身子的空间都没有。锅久一行人原本以为这样的阴天不会很拥挤。到地方一看，几人不禁惊叹于浅草观世音信者之多，他们好不容易从店铺街[2]钻进了仁王门，没想到这里更是挤得连给鸽子啄食的地儿都没有。

即便如此，他们最终还是进了大殿，依例参拜了观音菩萨，而这时似乎正好是高峰期，人潮从仁王门和二天门两个方向涌来，眼看归途是愈发不容易走了。锅久一行人被人潮推搡裹挟，根本无法笔直地走在往来的石板路上。

"唉，我们歇一歇再走吧。"母亲阿绢说。她

---

[1] 雷门：浅草寺的山门，正式名称是风雷神门。通体朱红，正中所挂的红色大灯笼上正面书有"雷门"二字，侧面则书有"风雷神门"，是浅草寺的地标。

[2] 店铺街：德川幕府建立后，浅草寺的香客日益增多，附近的民众被课以清扫寺院的赋役的同时，也被给予了在寺内开店营业的权利，由此浅草寺雷门至观音堂之间的大道两旁形成了一条商业街，称为"仲见世"。

似乎被挤得有些头晕。

　　一行人在人山人海中穿行，姑且来到了供奉淡岛明神的神社[1]。这里虽然依旧拥挤，但还不至于人挤人。一行人松了口气，正在擦拭额头上的汗水，却突然听见了一个女人的声音。

　　"啊，你……"

　　女子的声音在这人声嚷嚷之中依旧显得十分清晰，把四人吓了一跳。那女声似是在提醒些什么，众人猛然回过神来，回头一看，发现有个男人的手已伸进久兵卫的怀里抽出了钱夹——他们遇上了这种场合里很常见的扒手。

　　"喂，你干什么！"

　　久兵卫慌忙想抓住男人的手。男人反手一挥，可手里的钱夹却摔在了地上。

　　"臭婆娘，你给我记住！"

　　他恶狠狠地瞪了一眼出声提醒的女人，然后

---

　　[1] 神社：日本佛教、神道教一体，因此佛寺中也会有神道教的神社。

迅速混入人群溜了。被扒手怒瞪的是一个十七八岁的年轻姑娘，明明没化什么华丽的妆，容貌却非常美丽，吸引了一行四人的目光。

"刚才太谢谢了。"久兵卫向她道谢。

"多亏姑娘出手相助才逃过一劫。儿子和我们几个刚才都大意了，要不是你好意提醒，我们可就要遭殃了。"阿绢也礼貌地道了谢。

"哪里的话，您过奖了。"女子也文静地微微颔首，"虽知自己不该多事，但总不能眼睁睁地看那扒手作恶……"

"真的太谢谢你了。你是一个人来的吗？"阿绢又问道。

"是。家父卧病在床……"

来这种热闹繁华之地却未能好好梳理发髻，身上穿的也是棉布衣裳，但看得出来，她虽不富裕，但也绝非商人、工匠之女。凭阿绢等人的猜测，她应该是浪人之女，或是教书先生的孩子。她说自己每天都会来此拜佛烧香，祈祷父亲早日病愈，然后就辞别了阿绢一行人，姓名住址一概没有留下。阿绢对学徒宇吉耳语几句，遣他悄悄跟在了姑娘身后。

这不仅是为了日后答谢女子的恩情，更是因为自己有一个适龄的儿子，阿绢想打探一下那位姑娘的身世来历。虽然穿着打扮较为寒酸，但她容貌端庄，举止温婉，让阿绢甚为中意。此外，姑娘离开之际还两次回望久兵卫，惹得这位年轻男子春心荡漾。

奥山除了骡马，菊川国丸 [1] 的蹴鞠表演和淀川富五郎 [2] 的贝壳工艺品也广受好评。一行人本想游览一番，好作日后闲聊的谈资，但遭贼一事让他们心有余悸，所以母子二人开始商量今日暂且返家。就在这时，学徒宇吉慌慌张张地跑了回来。

"不好了。请您快跟我来。"

他说刚才那位姑娘在人丸堂旁被人推倒，像是失去了意识。母子二人立刻想到，怕是那个扒

---

    [1] 菊川国丸：民间有名的蹴鞠艺人。

    [2] 淀川富五郎：民间有名的手工艺人，其制作的贝壳工艺品广受好评。

手回来报复了。扒手在"干活"时，若有旁人出声提醒被害者，他们就会认为这是在坏他们好事，时不时会发生报复事件。那位姑娘应该就是因为仗义相助而遭扒手怨恨了吧。这么一想，一行人怎么也放心不下。于是久兵卫让宇吉在前头带路，先飞奔了过去，阿绢则由婢女领着跟在后头。

"要是被划伤了脸可就糟了。"阿绢心里想。

二

大约过了两个月。

日本桥北新堀町的锅久铺中迎来了一位美丽的新娘。新妇名为阿节，父亲矶野小左卫门是个浪人，住在浅草山谷町[1]的一条巷子里，平日里靠教十来个孩子习字勉强过活。

说到这里，其实也没必要详细说明了。那天，锅久一行人赶到人丸堂边，临时把姑娘带进了附近的茶馆照顾。幸运的是，姑娘没什么大碍，很快就恢复了意识。她说自己走到人丸堂时，刚才的扒手不知从哪里突然窜出来，朝她的侧腹打了一拳。由于对方没有拿刀，只是赤手空拳，所以

---

[1] 山谷町：江户时代町名，位于浅草寺北部，新吉原和小塚原刑场都在其附近，并且"泪桥"旧时为江户边界，因此这里从江户时代起就是廉价旅店的聚集处。

她也只是因为被击中要害而暂时晕了过去，没其他大碍。这让担心姑娘面部被划伤的一行人非常高兴。如此一来就决计不能让姑娘独自回家了，于是久兵卫一行四人决定护送姑娘到家。

一开始，姑娘频频推辞，但阿绢母子醉翁之意不在酒，执意陪同前往，最终见到了姑娘的家人。他们了解到，姑娘的母亲已在几年前逝世，家里只有父亲小左卫门和女儿阿节相依为命。第二天，阿绢立刻带着婢女阿直再度前往马道，到姑娘家登门道谢，不巧阿节今天也去了寺院参拜，不在家。父亲小左卫门虽觉得夸赞自家女儿也许有失偏颇，但依旧褒奖了女儿的孝行，说自己卧病在床，最近也没法教孩子们习字，多亏女儿日日悉心照顾才得以平安度日。

虽说阿节的父亲是浪人，她却也是武士之女，而且容貌美丽、举止端庄、孝顺父母，这样的姑娘做儿媳可谓无可挑剔。浪人家境贫困并不少见，只要家系正派，与商人家攀亲也算绰绰有余。比起当事人久兵卫，倒是其母阿绢更为这姑娘所倾倒。之后阿绢又造访了姑娘家两三次，最后终于提亲。一开始，父亲小左卫门说"好意心领，但毕竟是独生女"，一度拒绝了。可阿绢不死心，几度劝说商量，承诺每月给小左卫门相当金额的闲居用度，并且赠予阿节二百两金子用来置办嫁妆，最后谈成了这桩婚事。六月初的一个黄道吉日，阿节坐着轿子可喜可贺地嫁入锅久，这对年轻夫妇也相处得甚是融洽。

又过了大约两个月，时间来到当年的七月末。旧历盂兰盆节已经过去，今年的秋天来得特别早。这两三天一直下着微寒的雨水，新堀川上涨的河水也有些冷意。锅久家的媳妇阿节在大约十天前似乎染了风寒，自述有些头痛，但也不至于请大夫上门，因此只是买了点药煎了喝着。结果到了二十九日早晨，阿节有些不对劲了。她用非常恐怖的眼神瞪着人。以前从没大声说过话的她这天厉声呵斥了婢女。阿绢告诉久兵卫，阿节应该只是因为生病而易动肝火，让他尽量顺着她。

夜里四刻（晚上十时）的钟声响起，锅久准

备关闭铺门。就在这时，从内院少当家夫妇的起居室里，反常地传来了久兵卫的大叫声。

"喂，阿节……你去哪儿……喂，阿节……"

听到叫声，母亲阿绢走出自己的起居间查看，正好在长长的外廊之上碰到了阿节。年轻的媳妇被披散的黑色长发遮住了脸，发狂似的跑了出来。阿绢虽被吓了一跳，但还是伸手想稳住她，可阿节却将她一把推开。由于势头太猛，阿绢立刻失去平衡，倒在了没有关紧的护窗板上。护窗板滑脱，跟着阿绢一同栽进了幽暗的院子里。

巨大的响声传到了前面的铺子上，铺里的人大吃一惊，正想往内院跑，却迎面撞上冲出来的阿节，又把他们吓了一跳。对方是主人，他们也不敢轻易出手制伏，只被眼前突如其来的状况惊得茫然呆立。阿节趁机推开他们，钻出关了一半的大门，跑上了大街。

"快把她拦回来！"掌柜勘兵卫大叫。

闻言，店里的伙计和学徒全都追了出去，其中以一个叫新次郎的伙计反应最快，差点抓住阿节的右手袖子，怎料她一回身，往他身上丢了个什么刃具，转身又立刻逃了。这大半夜的，外头又淅淅沥沥地下着雨。阿节在黑暗中狂奔，店里的伙计在后面紧追。然而阿节却径直跑向不远处的新堀川，纵身跳了进去。

"投河啦！投河啦！少夫人投河啦！"

骚动越闹越大，店里派出了一些人手提着灯笼去找，附近的铺子也出了人力。一大群人在雨夜的河岸上奔走寻找，但河水已在两三天的雨水中涨了不少，河面上始终没有浮现阿节的身影。于是众人松开岸边小船的缆绳，徒劳地借灯笼的亮光在江面上搜寻，却毫无音讯，夜色也愈发加深了。

"这要是在白天就好了。"

这个时代的夜晚总是很不方便的。即使岸边和水面上都闪烁着无数灯火，众人还是没能找到阿节的身影。河川下游便是永代桥，也许尸体已被水冲走，流入了大海也未可知。人们只能无奈叹气。

阿节投河自尽已是意外，但锅久家中又出现了更恐怖的奇祸：家主久兵卫不知被谁割破了喉咙，半身染血倒在了家里。阿绢发现他倒在血泊中时，他已气绝身亡。

谁杀了久兵卫？阿节在逃跑时丢向店伙计新次郎的刀具后来在店前的大街上被捡到，是一把剃刀。虽然新次郎没有受伤，但从阿节发疯时身上带着剃刀这一点来看，只能是她杀了丈夫久兵卫后自己也跳了河。

仵作如此判断，在场的医师也同意是阿节突然发狂，杀夫自尽。她那天早上的反常举止也成了佐证之一。

不管哪个时代都会出疯子，而疯子做出什么事都不奇怪，因此差役们也就没有深入追究。锅久也不想在世人面前把这事呈到公堂上，便恳请差役们按下此事，不要声张。锅久对外宣称主人久兵卫暴病而亡，依照礼制下了葬，阿节的尸体则一直没有被找到。

事情虽已告一段落，但附近的人都知道阿节

投河自尽和久兵卫离奇死亡的事。人嘴不上锁，这事也就一传十十传百，最终传到了神田的吉五郎耳朵里。

"锅久的媳妇用剃刀杀了当家的……这不就是所谓的'疯子操刀，危险万分'吗？是祸躲不过啊。但上头的老爷们调查得似乎也有些草率。"

"要不要稍微查一查？"小卒德次说。

"像只乌鸦似的跟在权兵卫后头刨种子[1]虽然不地道，不过也行吧，你去刨刨看。总感觉有些不对劲。喂，半七，你也跟着德次一起去，学习学习怎么办差。"

"那时候我还只有十九岁，是个刚入行的毛小子……"半七老人解释道，"虽然后来成了吉五郎的养子，被当成头子位置的接班人培养，但那时

---

[1]《播种的权兵卫（種まき権兵衛）》本是日本民间流传的故事，之后人们截取权兵卫因不熟悉农作，播下的种子都被跟在后面的乌鸦吃掉的故事情节编成民谣传唱，后来演化成谚语，比喻努力得不到回报、徒劳无功。但文中此处是比喻将已裁定的案子翻出重查会让原本负责查案的差役们难堪。

还完全没有那种志气，可以说只是个学徒，跟在其他老手的屁股后面，照他们的指示拎着衣裳下摆跑东跑西而已，有时也会遇上让人难受到想哭的事。”

三

八月八日早晨，半七跟着德次来到日本桥北新堀的锅久铺上求见掌柜。勘兵卫很快就从店里出来了。知道他们是捕吏后，他的脸色略微一沉，但立刻回神，热情地招呼两人进了店里。这里似乎是用来招待外地商客的会客厅，厅内设有壁龛，格橱内的交错隔板做工也非常精致。

"老夫人身体不适，正卧床休息，吩咐一切事务由在下代办。"掌柜恭敬地鞠躬行礼说。

"诚然诚然。"德次回答，"近来忧心事众多，老夫人抱恙，实在是人之常情。我就直说了，掌柜的，贵府少夫人如今可有音讯？"

"该说有呢，还是该说没有呢……其实昨日

傍晚，有一位从品川[1]来的弥平老爷说他见到了少夫人……"掌柜说，"那位弥平老爷说，前天晚上他驾舟在品川的海上夜钓海鳗，忽然看到一具女人的尸体漂了过来。虽然觉得恐怖，但他还是摇着小船靠过去，抓住女尸的衣袖想把她拽过来，没想到扯断了衣袖……于是尸体被水冲走，手里只留下半截衣袖。想着这也许也是某种缘分，他就把那半截衣袖供奉在自己的菩提寺，请僧人为死者祈冥福。结果当天晚上，他就梦到那个女人来到自己床边，请他把断袖送到北新堀的锅久铺上，还说定有重谢，说完那个女人就消失了。重谢不重谢倒不打紧，但此事实在离奇，他就跑过来问询。待他拿出断袖一看，的确是少夫人的东西……"

"正是那天晚上少夫人身上穿的衣物？"

"是。青梅产的布料，虽然被水沾湿了，但色

---

[1] 品川：原指目黑川下游至入海口一带，在江户南部东京湾沿岸。

泽和条纹样式都吻合。老夫人也说肯定没错，于是就给了品川的来客不菲的谢礼，断袖则由我们收下了。"

"给了多少？"

"我们请他不要外传此事，然后呈上了十两金子。起先他一再推辞，迟迟不肯收下，可这样我们怎么过意得去，何况也不能违背佛菩萨的意思，所以只能硬塞给他，让他万不要推辞了。"

德次和半七听了，不由得暗自咂了咂嘴。勘兵卫继续说：

"看来少夫人真的已被冲到遥远的海里去了。老夫人说，她曾把少夫人看作杀了儿子的可憎儿媳，但后来又想，人都已发疯，着实怪不了她什么。既然她托梦让人送还遗物，应该还是把这儿当成自己家，想要我们的祭拜吧。所以老夫人就让我们把断袖送去菩提寺供奉，我们昨天立刻就送了过去。"

"这还真是件奇事。"德次哂笑道，"那么，用来杀害贵铺东家的那把剃刀呢？"

"我们在外面的大街上捡到那把剃刀，呈给仵作查验过之后，由于这种东西不宜放在家中，我们就也拿到寺里，请僧人们找地方埋了。"

"那把剃刀是少夫人平素使用的那把吗？"

"不是。后来发现少夫人平时使用的剃刀就放在梳妆台的抽屉里。"

"事件发生之前有没有什么不寻常的地方？"

"少夫人从那天早晨开始就不太正常……"

"这我也听说了，还有其他的吗？"

"其实，铺子上还遭过两次贼……"勘兵卫小声说，"这事没让铺里的人知道，可光这个月就遭了两次……毕竟临近盂兰盆节，铺里一直很忙碌……"

"丢了多少？"

"第一次丢了二百两，第二次一百八十两……两位也知道，我们的仓房白天一直开着，应该是有人趁铺里忙乱时溜进去了。"

"就算铺里生意繁忙，让人在光天化日之下神不知鬼不觉地溜进仓房偷钱也是太过疏忽了。掌柜的，您可得再上点心啊。"德次笑道，"应该不是外贼，要么是进出的商人干的，要么就是铺里的内鬼，贵铺难道一点头绪都没有吗？"

"当时东家和老夫人也觉得奇怪，但确实没什么线索。"

"那么，出事那天晚上有丢东西吗？"

"好像没有。东家的匣子里可能放了些钱财，但我们只是些下人，着实不清楚东家的匣子里究竟有什么。除此之外没发觉少了什么东西，所以我们当时禀告说没有失窃。"

"那这事就先放一放，能否领我们去内宅看看？"

于是在勘兵卫的带领下，德次和半七在锅久家中转了一圈，同时也调查了一下久兵卫被杀的起居室。除此之外，他们还得知，锅久有三栋仓房，其中两栋堆锅釜等商品，剩下一栋则贮藏家什财物。

德次问了问阿节父亲的情况，德次回答说，阿节的父亲小左卫门知道这件事后立刻就赶了过来，但也只能谢罪道歉。可这事是在阿节嫁过来之后发生的，原因还是发疯，着实怪不到当父亲的头上。他说自己没有脸面见亲家，所以在久兵卫出殡和头七扫墓时都自觉回避，没有露面。勘兵卫惆怅地说，他失了独生女，又断了锅久家每月的接济，生活一定过得很艰难，可这终归也是某种因缘巧合，对于当事的所有人都是一种不幸。

"今日我们就先告辞了，你们可要好好照看老夫人。"说着，德次起身准备离开。

"多谢。已到午膳时分，虽然粗茶淡饭不成敬意，但两位若肯赏脸，就请尝尝吧。"

不知他是何时吩咐下去的，下人们将饭菜端了上来，于是德次和半七也就拿起了筷子。用膳期间，德次也在不停地询问阿节一事的细节，甚至还打听出了品川男子的样貌和大概年龄。

"刚吃完就走实在失礼，但我俩还有公务在身，只能先告辞了。"

饭毕，两人就匆匆出了店门，沿着新堀川从丰海桥走向永代桥。现在的永代桥是明治三十年改建的，位置与原来的永代桥不一样。江户时代的永代桥架设在日本桥北新堀町和深川佐贺町之间。

"喂，半七，你怎么看？有什么想法吗？"德次边走边问。

"这个嘛，我刚入行，着实不清楚，但那个叫阿节的媳妇应该还活着。"

"没错，她肯定还活着。"德次点点头。

"至于锅久仓房里丢的金子，要么是阿节自己偷的，要么就是她指使同伙偷的。照我看，就是因为偷盗这事藏不住了，她才装疯逃跑。品川来的那个家伙装神弄鬼送来断袖，应该也是为了让锅久的人以为阿节真的死了而编的鬼话。他还神神道道说什么'必有重谢'，耍个机灵捎带骗走了十两金子。"

"嗯。那你觉得是谁杀了久兵卫？"德次又问。

"这一点很难，我刚才就一直在想，但凶手应该不是阿节。如果是阿节，她应该会用自己的剃刀，但……难道她自己的剃刀钝了，为了杀人而专门买了新剃刀？我倒觉得她没有必要杀害丈夫，只要装疯投河就能逃之夭夭了……照我看，杀死久兵卫并投河的应该不是阿节本人，而是有个熟悉水性的人给她做替身，代她投河然后潜水逃了。众人把这替身当成了阿节，毕竟当时夜黑风高，只要穿上和阿节一样的衣服，披散头发挡住脸面，任谁也难以一下看清。况且当时大家惊魂未定，更难以分辨那是真身还是假冒了。"

"你小子倒也有两下子。"德次笑了，"其实我也觉得那是替身。若真是如此，阿节自不必说，她那个浪人父亲、替身女人，还有品川来的那个家伙，一伙人是联合起来要祸害锅久家呢。要调查这件事，不把网铺大怕是不行了。半七，你也来帮忙。我一个人忙不过来。"

四

"那我现在该去哪里？"半七问。

"当下该去查查阿节浅草的娘家。那个叫小左卫门的浪人也不是一般鼠辈，不能大意。但那边我去对付。"德次说，"你就去品川，查一查那个带着衣袖拜访锅久的人究竟是谁。'弥平'多半是个假名，从锅久掌柜描述的长相和年龄来看，我心里多少有个数。虽然去锅久家时打扮得人模狗样，但那人应该是在高轮北町开草履铺的半介。那家铺子，表面上卖草履，暗地里做的其实是人牙子的生意。那小子平日里名声就不好，我也与他打过两三次照面。见到他以后，你就说你是神田三河町德次的兄弟，他应该就不会躲避了。万一他逃了，那更表明他可疑，你就别客气，把他给我抓回来。他叫半介，你叫半七，你俩比画比画，让我看看哪一个'半'能赢。"

"明白了。"

说完，半七告别德次，一个人往品川的方向去了。高轮北町在泉岳寺附近，半七到达时是八刻（下午二时）前后，日头还热得很。半七循着德次的指示，从海边的大道右拐，在庚申堂[1]旁找到了一家小小的草履铺。一个男人坐在店头，正与铺老板下将棋[2]。

老板年纪三十五六岁，肤色浅黑，鼻梁很高。半七一走过去，他就停住下将棋的手，转头望了过来。

"客人来啦。"

"不，我不是来买鞋，而是来给神田三河町的德次哥办事……你就是半介？"

"对，我就是半介。"他直直地盯着半七的

---

[1] 庚申堂：本是江户时代位于高轮的"稻荷社"的一部分，祭祀青面金刚像，神佛分离后改称"猿田彦神社"，后又并入"高轮神社"合祀。

[2] 将棋：日本象棋。

脸说。

"打扰你们赌输赢，对不住啊。"半七也在店头坐了下来。

"哈哈，输赢……要是这种输赢，在我这铺子前头也能大大方方地赌喽。"半介笑着抛出了手中的棋子，"这胜负就留到明天吧。"

半介使了个眼色，与他下棋的男人就匆匆起身走了。半七目送男人离去的背影，开口说道：

"那好像是青楼的伙计吧，白天就上这儿来下棋，看来这桃色生意近来很清闲哪。"

"太清闲了，幕府的俭行令[1]贯彻得很是彻底。"半介皱起眉头，"上月二十六也冷清得很。"

说话过程中，他依旧非常警惕地观察着半七

---

[1] 俭行令：天保年间，德川幕府第十二代将军德川家庆在位期间，因恐惧商业化发展动摇幕府封建统治，由老中水野忠邦主持，在公元 1841 年至 1843 年间以俭朴节约的重农主义作为基本，推行"天保改革"，遣返涌入江户的农村人口，限制消费，解散株仲间（批发商会），改铸货币，并施行"俭行令"限制町人娱乐文化，整顿奢侈风气，肃正风俗。此改革最终不但没有巩固幕府统治，反而催化了其衰弱。

的脸色。

"我今天来其实也没别的，就如刚刚说的，是来给德次哥办差。你认识德次哥吧？"半七先确认道。

"见过两三回。大哥找我有什么事？"

"有件事想跟你打听打听……你前天晚上到新北堀的锅久铺上干什么去了？"

半介吃惊地眼里一闪，接着缓缓笑了起来。

"真是一点坏事都干不得啊，什么都被德次哥知道了。我还是老实招了吧，实在对不起。"

本以为他一定会装蒜到底，没想到这么爽快就承认了。半七心想，这家伙还真是个厚颜无耻的人物。

"既然被德次哥盯上了，我怕是赖不掉了，还是老实说了吧。其实，我前天晚上去锅久讨了点小赏钱回来。"半介又笑了，"不过那袖子可不是假的也不是仿的，真真切切是我去品川夜钓时从水里捞上来的。虽然有些不讲人情，但捞尸体太费劲，我就任它被水冲走，只带了只袖子回来。"

"你知道锅久那件事？"

"这个嘛，我这里还算灵便。"他又笑了笑，指着自己的耳朵说。

"你怎么知道那尸体就是锅久的媳妇？"

"这我当然不知道，只是推测而已。"

"若去了那边却发现搞错了，那不就收不了场了？"

"这个嘛，我当然有所准备。"他仿佛在嘲笑半七没经验，"我当然不会一见面就拿出证据。见了掌柜之后，我先问他家少夫人找到没有，他说没有。我又问少夫人跑出门时穿了什么样的衣服，他说是青梅织锦的单层和服，还描述了是什么纹样。结果他说的和我手里的袖子一模一样，那不就正中我下怀了？然后我才说了那个故事，再把证据衣袖拿给他看，这不就万无一失了？怎么样，你说是不是？"

他扬扬得意地说道，仿佛在叫半七学着点以备后用。如此一来，这就不是一般的诓骗或勒索了，因为不管怎么样，那袖子是真的，十两金子的谢礼也是锅久自愿给的，只要半介的口齿伶俐一些，他最后只会被衙门训斥一顿，不会定罪。半七觉得，他表现得如此不屑一顾就是因为如此。

况且现在要先查明阿节是真的死了，还是躲在了某处。如果跳入河中的真如自己所料是阿节的替身，那半介就是在撒谎，此番只是看自己是个初出茅庐的小子，糊弄了事而已。可这到底是虚是实，是真是假，年轻的半七一时半会儿竟也琢磨不透。半介的态度实在狂妄，怎么看都不像个会说老实话的人。于是半七再次问道：

"今天初八，你去锅久家是前天晚上，再前一天就是初五。那天你是在哪儿租的船去海钓？"

"我又没钱，怎么租船？当然是去品川的河滩上钓的。"

"钓具能否给我看看？"

半介立刻站起来，走到里屋的厨房拿了鱼竿和鱼篓出来。

"年轻人，还在怀疑我哪？"他笑着说，"德次哥怎么跟你说的我不知道，但我也没那么坏呀。

啊哈哈哈哈。"

　　这事再争论下去也是竹篮打水，半七只好放弃，匆匆离开了。他这一趟只确定了拿着断袖去锅久的确实是半介，除此之外再无收获。半七觉得自己输给了半介。

　　第二天，德次也神情恍惚地回到了神田的头子家。他去了浅草山谷町附近打听矶野小左卫门的背景，但他没找出什么有价值的线索。接着他又在矶野小左卫门家附近守了一晚上，监视他家的动静，可连一个可疑的影子都没见着。迫不得已，他也只能两手空空、疲惫不堪地回来了。

　　听了德次和半七的报告后，头子吉五郎说：

　　"高轮的半介就先别管了。既然不知道阿节是本人还是替身，那再怎么质问他都没用。阿节也不可能不穿草鞋就远走高飞[1]，当下就先让她道

---

　　[1] 据日本传统，人们足部穿着有草鞋、草履。草鞋用秸秆编制而成，一般作为随用随弃的消耗品使用，用于日常劳作或长途步行。而草履则以革、布等材料编成平底，并在前部安装草履带，制成木屐形状，一般用作日常穿着。

遥一阵吧。但锅久家在这场骚动发生之前曾两次失窃，这很奇怪。不过也有另一种可能性，就是狠心的阿节装疯卖傻借机杀害丈夫之后假装投河，本想着游泳逃脱，没承想河水猛涨，水流湍急，如意算盘没打成，自己倒被河水冲走，假戏变了真做也未可知。但不管怎样，只能指望从她父亲小左卫门身上挖线索了。你们就循着这条线追查，耐心蹲守监视吧。"

"是。"德次回答。"那半七，你跑一趟山谷，帮我布布网。那附近有家叫'砂场'的荞麦面馆，你就在那儿歇脚，监视小左卫门。到了面馆就报我的名字，老板也许也会帮帮忙。"

不管什么行当都一样，干捕吏这行也需要有耐性，尤其当时不比现在，没有现代而科学的搜查手段，好眼力和好耐性就是查案的法宝。那天半七去了山谷的荞麦面馆里坐下，丝毫不敢大意地监视着小左卫门的一举一动，但他只去了趟澡堂，出门买了些东西，除此之外再没出过门，也没有人来拜访。

如此过了三四天，德次不知从哪儿打听到了小左卫门的身世。其实他并非藩中的浪人，而是旗本的上门管家。他在两三个旗本的宅邸里当过差，虽然现在是浪人，但他当差时也没传出什么影响恶劣的名声，阿节也确实是他女儿。仅凭这些信息，根本无从下手。

到了八月十三日午后八刻（下午四时）左右，半七正坐在砂场面馆里吸烟，忽然一个小伙计掀开门帘走了进来。他点了一碗天妇罗[1]荞麦面，然后和半七一样在店头坐了下来。半七总感觉在哪儿见过这伙计，于是他转过头用余光打量了一下，想起他就是锅久铺中的小学徒。他吃完了老板端来的天妇罗荞麦面，又点了碗霰荞麦面[2]。半七耐心等他吃完第二碗面之后，只见他付钱走了。

半七连忙跟上，从背后叫住了他。

---

[1] 天妇罗：日式菜点中，用面糊炸的菜。

[2] 霰荞麦面：在面上撒海苔，再铺上在深川捕获的蛤蜊贝柱（现多用青柳贝柱），用以表现早春冰霰的荞麦面，具有江户风情。

"喂，小伙计。锅久的小伙计！"

突然被人叫住，小学徒吃惊地停下了脚步。半七则立刻上去抓住了他的手。

"喂，你不记得我了？前几天为我们端茶的就是你吧？"

小学徒似乎想起了半七是谁，一言不发地盯着他的脸。

"你叫什么名字？"

"我叫宇吉。"

"哦，宇吉啊，你手头很宽裕嘛。明明只是店里的学徒，却上荞麦面馆来又吃天妇罗又吃霰，奢侈得有些过头了吧？谁给你的钱？难道是你偷的？骗的？赶紧从实招来！"

宇吉默不作声。

"快说！再磨磨蹭蹭的，我就拉你上警备所！"半七戳了戳宇吉的手臂，恐吓道。

"是铺里的新哥给的。"宇吉结结巴巴地说。

"新哥是谁？"

"铺子上的年轻伙计，叫新次郎。"

"新次郎……就是那天晚上想抓住少夫人，却被迎面丢了剃刀的那个？你一直从他那儿拿钱？"

宇吉不作声。

"你这家伙，嘴真硬。来，跟我来！看我不把你绑到警备所的柱子上……哟，哭也没用。你这毛头小子！"

半七毫不客气地把小学徒拉走了。

五

被拉到附近的警备所后，宇吉老老实实地招了。六月以来，他从阿节或新次郎手里收过几次赏钱，为他们跑腿去给山谷町的亲家送过五六次信。每次他都只负责送信，不知道信的内容。问他少夫人和新次郎之间有没有情色纠葛，他也说不知道。

"你今天也去送信了？"

"为新哥送信去了。"

"对方回信了吗？"

"他说没有回信，我就直接回来了。"

半七咂了咂嘴。要是能在他把信送出去之前拦住，把那封密信弄到手，应该能发现什么秘密，可在他把信送到，两手空空准备回铺子时把他抓住已经于事无补。半七稍加思忖，对警备所的男人说：

"当班大哥，请把这小伙计丢到里头去，等我回来。倒不至于绑他，只要注意一下，别让他跑了就好……"

半七把宇吉留在警备所，自己走了出去，回到荞麦面馆。到了日落时分，德次出现了。

"怎么样？有没有什么想法？"

听了小学徒的事后，德次点了点头，问：

"那个小伙计呢？"

"我扣在警备所呢。"半七说，"要是天黑了他还没回去，那个叫新次郎的可能就会觉得不放心，来这里打听情况。这个时机能不能下手？"

"对，对，真亏你想得到。小学徒迟迟不归，新次郎肯定会因为担心而出来找人。不过他在铺子里干活，不可能太早出来。今晚就做好通宵的心理准备，趁现在赶紧把肚子填饱吧。"

于是二人去附近的小菜馆吃了晚饭。德次让半七在荞麦面馆等着，自己则去了警备所，最终回来笑眯眯地说：

"半七，你盘问得不到位啊。我从那锅久的小学徒口中审出一件事：锅久铺子里有个叫阿直的婢女昨天好像突然被辞了。虽说现在是八月，本就是年中换雇人手的时节，但怪就怪在他们不等月底就急着赶人。这里面定有蹊跷。阿直现在好像住在下谷的稻荷町，总之先过去问问吧。"

"看来那个叫阿直的女人与这事也有牵连，咱们今晚就去？"

"对方可是个女人，明天去也成吧。"

弁天山[1]的撞钟鸣响五次（下午八时）的时候，两人再次出了面馆。本打算在小左卫门家的门前小径附近兜转，但以防万一，半七还是悄悄走入小径深处窥探，结果就听见门前有水井的小左卫门家里传出了女人的哭声。

半七思忖女人应该是阿直或阿节，于是兴奋地竖起了耳朵仔细听，结果又听见一个颇为严厉

---

[1] 弁天山：位于浅草寺正殿东南的小山丘，丘上建有弁天堂，旁边建有钟楼，所挂之钟用于为附近居民报时。

的男声低声说：

"你说的那些都是诡辩！蠢得让人听不下去！别再说了，走，快走！"

"不，少夫人肯定还活着，肯定是藏在哪儿了！"女人哭声颤抖，紧咬不放。

"又说胡话……让邻居们听见也麻烦。够了，快滚！我虽是浪人，但好歹是个武士。你再口出狂言，休怪我不客气！"

这时，巷口传来一串凌乱的脚步声，半七连忙闪到井边躲了起来，只见一个男人一边环看四周，一边悄悄打开了小左卫门家的格子门。德次也跟在后头蹑手蹑脚地追了过来。

"喂，那小子来了。"看见半七后，他悄悄地说。

如之前料想的一样，新次郎偷偷摸摸地来了。而且他一来，三人的说话声立刻变小，一点也没漏到外头。两人虽然心里焦急，但姑且按兵不动，只在外面偷看。突然，女人惊叫了起来。

"啊，杀人了！"

刻不容缓，两人一脚踢开格子门跳了进去。小左卫门见状，立刻吹灭了座灯。几个人在伸手不见五指的狭窄屋内较量了一番，好不容易制服了一个男人，但却完全拿捏不清其他人在何处。于是德次大喊：

"长屋里的人，赶紧提灯出来。公家办差！"

一听是公差办事，长屋的居民纷纷提了灯笼、拿了蜡烛出来了。屋内重新被照亮，只见一个年轻女子半死不活地倒在地上，德次正捉着一个店铺伙计打扮的年轻人，屋主小左卫门则已不见了踪影。

"畜生……"

德次将手里押着的男人交给半七，自己追出了巷子外，过了一会儿还是两手空空地回来了。外头虽然月光明亮，但小左卫门逃得很快，巧妙地隐藏了自己的行踪。

倒在地上的女子是锅久的阿直，被小左卫门掐了脖子，这会儿在众人的照料之下才悠悠醒转。被制住的男人则是新次郎。两人被带去警备所，接受了德次的初步盘问。首先，新次郎说，锅久的阿绢三番两次来山谷商谈阿节的婚事时，自己也一起来过几次，并且被阿节的美貌夺取了心魂。但因她会成为主人的新娘，自己也只得作罢。也不知是不是心思被阿节看穿了，她一嫁入锅久就时常亲切地找新次郎说话，新次郎也高兴得仿佛身体要融化一般。如此过了大约一个月，某次新次郎去仓房拿东西时，阿节偷偷跟过来，跟他说了一件事。她说自己的父亲在旗本府邸做管家时，曾挪用了一千两金子，差点被迫切腹。但由于保证以分年偿付的方式在三年间偿还全部钱两，这才只是被辞退，暂时保全了性命。然而凭现在的浪人之身，根本无法筹措如此巨额的资金。锅久赠予自己，本该用于置办婚事的那二百两金子里也有一大半拿去填补那个大窟窿了，可还是远远不够。虽说如此，自己才刚过门，不好意思开口与婆婆和丈夫商量此事，因此就想请新次郎帮忙偷拿仓房里的金子。她当时哭着恳求新次郎，还说万一此事暴露，自己就算豁出性命也决计不会连累他。

下人偷主人的钱财可是重罪，按当时的律法来说，金额超过十两就是死罪。可新次郎明知如此，依旧爽快地答应了，大概是阿节的话语里蕴含的某种魔力令他失去了辨别是非的能力吧。他两度从自己能接触到的钱箱里偷拿了二百两和一百八十两，并按照阿节的指示送去了她在山谷的娘家。

至于阿节为什么要杀夫，新次郎也不知道。他说他对于此事也非常吃惊。

但他又说，在追赶出逃的阿节时，虽然店铺灯光昏暗不清，但阿节那张被散发遮掩的脸怎么看都不像本人，因此自己至今还在怀疑。

德次接着审问阿直。

"阿直，你今年几岁？"

"今年二十了。"

"在锅久做了几年？"

"三年。"

"你和新次郎好上了吧。是吧？说实话。"

阿直苍白的脸上爬上了一丝红晕。

"你今晚去小左卫门家是做什么？"

"去问他少夫人在不在那里。"

"如果她还活着，你打算如何？"

"我就去禀告老夫人！"她越说越兴奋，"少夫人一来，新哥就心神不宁的，连看都不看我一眼。我跟他说话，他也爱搭不理。新哥被少夫人迷昏了头，这我知道得最清楚。可少夫人明明投河死了，新哥却偷偷和我说，他觉得她还活着。新哥肯定知道些什么！"

"你为什么被锅久辞退？"

"就是因为那事。我一不小心说漏了嘴，说少夫人可能还活着，结果这话进了老太太和掌柜的耳朵里，他们就狠狠骂了我一顿，说我胡言乱语，后来就被辞退了。"

"新次郎。你今晚来干什么？"

"白天遣来送信的学徒迟迟不回来，我心里不踏实，就来找找……"

"你让学徒送的信里写了什么？"

"我怎么想都觉得少夫人肯定还活在某个地方，所以……"新次郎忐忑地小声回答，"若她真躲在什么地方，我希望能见上她一面……"

"见到后你打算做什么？"

新次郎低着头默不作声。阿直眼红地瞪着身旁的新次郎，尖声叫了起来：

"我来说！新哥肯定是想和少夫人一起私奔！所以他才想杀了我！"

"我为什么要……"新次郎慌忙否认。

"下手的虽不是你，可你却和那个浪人相勾结，企图把我杀了。没错，没错，肯定是这样！那个浪人想糊弄我，把我诓走，可我怎么也不上当，他才掐住了我的脖子……那时你不就没来救我，只是无动于衷地站在一旁吗？"

"不，我只是没来得及救你……"

"不，胡说！你胡说！"

"我没胡说！"

"把人欺负到这个田地，没用了就想杀掉……你简直就是个恶鬼！"

"聒噪！安静点！"德次喝道，"你们还想互相攀咬到什么时候？我们也是长了眼的，是黑是白我们仔细盯着呢！"

六

被送到大警备所后，三人受到了差役们的进一步审讯。新次郎犯的是重罪，立刻就被送进了传马町的监牢。阿直被送回住处，宇吉则被送回了主人家中。如此，事情姑且算告一段落，但矶野小左卫门的去向仍然不明，阿节的生死也尚不可知。

德次和半七遵照头子吉五郎的指示，在那之后也不遗余力地尽力追查了一番，但始终没能查出小左卫门父女的踪迹。

如今也好，以前也好，查案的人都不可能只扑在一桩案子上。只要后面又发生了新案件，他们就只能着手调查新的案件。那年十二月，半七在调查一个叫小柳的女杂技师所犯的罪行中首战告捷，立下功劳 [1]。因觉察到小柳的手法和锅久的

---

[1] 参见《石灯笼》。

杀人犯有相似之处，半七两相比较之后，基本断定了锅久一案的犯人是阿节的替身，可惜他之后又忙于其他案件，心里虽不情愿，却也只能先将此事放在一旁。

水野阁老[1] 推行的天保改革在这里就不必多费口舌了。他的去俭行令执行得更加彻底，禁止奢侈品、取缔色情茶馆、迁移剧场……政令施行到社会的方方面面，其中一件事就是认定江户的三十六位女义太夫[2] 有伤风化，并于十一月二十七日夜里在曲艺场后台将她们抓捕归案，并送进了传马町的牢房中。

"虽然可怜，但这是上头的命令。"吉五郎说。半七也是前去抓人的捕吏之一。

顾名思义，女义太夫多是年轻女性，大抵是下至十五六岁，上至二十二三的妙龄女子，认

---

[1] 水野阁老：水野忠邦。
[2] 女义太夫：演奏义太夫节净琉璃的女性艺人。义太夫节是江户时代前期，大坂的竹本义太夫创建的"净琉璃（日本传统三味线弹唱曲艺）"流派。

为她们有伤风化也是因为如此。她们在大牢里过了年。到了天保十三年的三月份，在发誓以后一定从事正当行业之后，她们就被释放了。从去年冬天开始的这百余日牢狱生活就是对她们的一种惩戒。

三十六位女义太夫中，有一个叫竹本染之助的女子。她虽然年轻，但长得不算好。她是被半七抓捕的，但因为吉五郎一开始就说过她可怜，因此直到她被送入大牢，半七都对她很和善。染之助也感恩，一出狱就早早地来跟吉五郎打招呼，也谢了半七当时的照拂。

"怎么样，牢里的生活……有趣吗？"吉五郎笑着问。

"您真会开玩笑……"染之助严肃地回答，"我也是第一次进去，吓得可不轻。"

"大家都是第一次吧？"吉五郎又笑了，"可你去的毕竟不是男牢，而是女牢，不至于发生什么能把你吓成那样的事吧……"

"不，真的很辛苦……我们大家都进了同一个牢舍，可牢头是一个叫大阪屋花鸟的人……"

"大阪屋……就是那个越岛出逃的花鸟？"

"是。"

这个大阪屋花鸟就如开篇所说，逃出八丈岛后回到江户，在日本桥松岛町附近藏了一阵。前一年八月末，她去木挽町的河原崎座看团十郎[1]唱戏时被捕，之后便被投入狱中。这事吉五郎也知道。牢里有个规矩，那就是将重罪之人称为"牢头"或"长老"，负责管理所有犯人，而仗势欺人、折磨新囚就是他们的歪风邪气。

"原来如此，既然牢头是花鸟，那新囚确实要吃苦头了。"吉五郎有些同情地说，"她做了什么？"

"简直难以启齿。"染之助哭了起来。

入狱的三十六个女义太夫都是年轻的女艺人，被投入暗无天日的牢房之后，基本没有活着的感

---

[1] 团十郎：市川团十郎，歌舞伎演员的称号。市川团十郎家是歌舞伎市川流的宗家，屋号成田屋，家徽"三升"，副徽"杏叶牡丹"。

觉，许多人甚至连饭都吃不下。最初的十来天里，牢头花鸟对她们很温柔。但在她们逐渐习惯牢狱生活、渐渐安心的同时，花鸟的态度也愈来愈恶劣。她让年轻女子给自己侍寝，其方法之淫秽、暴虐、残忍无法用笔墨和言辞表述，令人作呕至常人难以想象之境地。但对于彻夜受辱、啼哭不止的人，花鸟第二天一定会请她吃一碗鳗鱼饭。

三十六人中，反复遭其凌辱的有二十五人，剩下的十一人却意外逃过一劫。这些都是容貌相对较差，或是超过了二十岁的人。染之助也因为容貌不佳而意外免灾，一次也未遭花鸟凌辱，但每天都眼睁睁看着同伴受苦，日日夜夜都因恐惧而颤抖。

"得亏蒙受恩典，很快就出了狱。那种日子要是再过久一些，那二十五人怕是要被折磨致死。区区一碗鳗鱼饭，如何配教人受那种苦呢？"染之助抽抽噎噎，愤怒地说。

虽说是"区区一碗鳗鱼饭"，吉五郎却觉得很蹊跷。他又问道：

"听你这么说，凡事给花鸟侍寝的人，第二天一定能吃到她请的鳗鱼饭？"

"虽然听说在牢里吃鳗鱼饭要花很多钱，但确实每天都会有人吃到鳗鱼饭。"

"嗯……这女人可真有钱。既然能花钱将年轻女子玩弄于股掌之间，想必她在里头过得可比在外头逍遥得多了吧。"

"她大概觉得自己反正是重罪，不如想做什么就做什么，其他的人可就惨了。所谓人间地狱也不过如此吧。"

她颤抖着说，仿佛想起来都觉得恐怖。染之助回去之后，吉五郎若有所思。

"喂，半七。花鸟这婆娘，还真是个狠角色。"

"她是色情狂吗？"

"何止色情狂，简直就是拿残酷当有趣。还有那鳗鱼饭，外头虽然卖六百文左右，但想在牢里吃到就得请狱卒去买，这一来一去可就贵了，多少要花一两金子吧。女义太夫们入狱百余天，若每日一碗鳗鱼饭，那就是一百两。我不知道这女人在逃出孤岛后的这一年时间里干了什么，但她能这么阔气的确奇怪。她回江户以后，好事八成没干，但大事肯定干了一些。"

"估计就是如此了。"

说着，两人对视一眼，心照不宣地想起了那一桩疑案。

七

"没想到故事讲了这么长。但说到这儿，你大概已经猜到了吧？"半七老人说。

"这个嘛……"我边思考边说，"也就是说，杀了锅久店主的就是那个叫花鸟的女人？"

"对，对。就是花鸟假扮成阿节，杀死了久兵卫。"

"她们俩是什么关系？"

"阿节的父亲矶野小左卫门这个家伙，我刚才也说过了，是旗本宅邸里的上门管家……但说他在奉职时没有坏风评，那是德次调查的疏漏。可能是因为妻子早逝，他一把年纪却懒散放荡，被各家解职也是因为如此。于是呢，他就跑去吉原花天酒地，花鸟就是在大阪屋卖身时和他相熟的。他女儿阿节容貌姣好，外表看着很是文静淑婉，其实手脚不干净，打小就干顺手牵羊的勾当，但由于外表看着老实，谁也没怀疑她。她父亲小左卫门明知她偷东西，却没教训她。也就是说，父女二人都不是好货色。有一次，小左卫门在路上碰见花鸟，明知她是个越岛出逃的前科犯，却依然跟她来往。这两人凑在一起准干不出什么好事。花鸟的姿色虽然不错，但毕竟是通缉犯，不可能亲自抛头露面，于是就让阿节代替自己出去做事。

"花鸟回到江户后就藏在松岛町一个卖糨糊的老太婆家。她明明是个女人却私设赌场，于是就和一个叫竹藏的年轻扒手熟识了。他们俩的关系可能不单纯是'熟识'，毕竟那个叫竹藏的家伙对花鸟可谓是言听计从。所以呢，花鸟、竹藏再加小左卫门父女，四个人沆瀣一气，就在浅草寺开龛那天物色目标。"

"照这么说，他们并不是一开始就盯上锅久的？"我问。

"只要有肥鸭子上钩，是谁都无所谓，只不过他们在开龛盛会上撒网的时候，锅久一行人不幸撞上了而已……竹藏认得久兵卫，就告诉同伙说那是新北堀锅久铺子的少主人，于是几个人就按照之前约好的，竹藏负责偷久兵卫的钱夹，阿节假意提醒，一切按照剧本顺利进行，阿节成功嫁进锅久。光听这么说，你可能觉得被骗的一方好像很糊涂，但不管在哪个时代，大家上当都是这么容易。

"不过设局骗人的一方也有失手之处。本来阿节嫁入锅久后，只要老老实实待上一阵就万事大吉，但估计双方都忍耐不住吧，才过了一个月就开始有动作了。先是通过色诱把新次郎收为同伙，让他从锅久的仓房里偷钱。其实，若能一次偷出大量银两后直接出逃是最好的，但若是大掌柜还好说，新次郎一个刚从学徒升为正式伙计的年轻人，估计压根不知道大笔钱款放在哪里。但即便如此，二百两和一百八十两在江户时代也不是小数目。这么多钱接连失窃，锅久也没法置之不理，于是开始暗地调查。主人久兵卫怀疑起了自己的妻子。阿节觉得情况日渐不妙，便差了铺里的小学徒宇吉去给住在山谷的父亲送信。于是花鸟就和小左卫门商量好，打算实施所谓的最后手段。

这时的久兵卫已经开始怀疑阿节了。为了试探阿节，他故意在起居室的匣子里放了二百两金子。但如果拿了这些钱，就等于败露了事情是自己所为，因此阿节也没敢轻举妄动。几人商议过后，最终还是决定杀了久兵卫，卷走这二百两，但要年轻的阿节动手杀人还是比较困难。此外还要在杀了家主之后做出投河自尽的样子给世人看，以此逃避今后的调查，这好像是花鸟想出来的主意。"

"所以花鸟就成了阿节的替身？"

"花鸟通过阿节的帮忙，从院子里的木栅门潜入，在避人耳目的地方与阿节换上了彼此的衣服。阿节穿着花鸟的衣服，冒着大雨潜出家门；花鸟则换上阿节的衣服，弄乱头发盖住面容，潜入了久兵卫起居间，杀了他，取走钱两。其实花鸟本打算通过院门逃跑的，但她为了吸引众人的视线而故意从大门跑出，跳进了北新堀的河里……花鸟被流放到孤岛上时似乎练习过游泳，越岛出逃时也是在海上游了大概半里路后才被渔船救起，所以在新堀川里游泳可谓是小菜一碟。

"既然是妻子发疯后杀夫自尽，这案子也就没什么可查的了。但即便如此，只要阿节的尸体还未找到，搜查的力度可能也不会轻易减轻。于是他们就找了人牙子半介捏造了那个品川夜钓的鬼话，把所谓的遗物衣袖送去锅久。这个半介也是花鸟的熟人。他们觉得这样一来，众人应该都会觉得阿节真的已经死了。但他们终究还是算漏了一步。花鸟是用自己的剃刀杀死久兵卫，而阿节的剃刀还好端端地留在梳妆台的抽屉里。正是这一点引起了我和德次的注意。

"整个过程虽然在抓住新次郎后就大致弄清了，就是不知道跳入河中的到底是替身还是本人。就算真是替身，那也不知替身是谁，于是这事就一直拖着，到了第二年才通过女义太夫一事牵扯到了牢头花鸟身上。花鸟肆意玩弄年轻女子，每天请她们吃鳗鱼饭，这一点成了我们怀疑的源头。虽说有钱能使鬼推磨，但在牢里要想吃上一碗鳗鱼饭就得花一两金子。一个越岛出逃的女人，身上却揣着一两百两金子，这背后不可能没有蹊跷，更何况花鸟还是个游泳好手。她在木挽町的曲艺场被捕时是八月末，那么七月二十九日时，她应该还逍遥法外。这么一来，吉五郎和我心里都开始怀疑锅久案里阿节的替身八成就是花鸟。

"好了，接着是高轮的那个半介。他以贩卖人口为生，指不定就认识花鸟。我和德次觉得他应该认识，于是就去了北町的草履铺，说以前是因为上头宽仁才没有捉拿他，然后立刻把他带去了附近的警备所。德次狠狠教训了他一番，我也因为先前受他愚弄，这会儿出了一口恶气。唉，打得是真狠……半介最后也受不了了，坦白了一些。他是受花鸟的委托，把阿节的衣袖送去锅久，借着先前编的那个鬼话从锅久那儿收了十两，花鸟也给了他十两，因此总共收了二十两礼金，然后装作什么也不知道。有了这口供，吉五郎就去八丁堀[1]上报案情，随后花鸟从牢中被提到公堂上再次受审。

"毕竟同伙半介已招了所有罪状，花鸟就算长了八张嘴也无法抵赖，于是做好思想准备，认了一切。后来一想，难怪当初怎么也找不到阿节的替身，因为事发之后不到一个月，花鸟就因为别的罪行被抓进了大牢嘛。如果花鸟没有虐待那些女义太夫，这事恐怕难以重见天日。之后，扒手竹藏也被捉拿归案。这之中属花鸟和新次郎的罪最重，前者被判游街示众后处斩，后者则是死罪。

"这时候还发生了这样一件事。

"花鸟游街示众时经过银座的大街，大家都出来看热闹。其中有一个叫小胜的，是在牢里沦为花鸟玩物的女义太夫之一。马背上的花鸟很快发现了她，于是就'小胜、小胜'地朝她打招呼，接着对她嫣然一笑，说：'我那时可是好好疼爱了

_____

[1] 八丁堀：八丁堀町，位于今东京都中央区八丁堀，在江户时代是同心的住宅区，因此八丁堀也就成了同心的代名词。

你一番，以后每年今日我的忌日上，你可别忘了给我上炷香。'据说小胜立刻面无血色地逃走了。看来这个花鸟不仅坏，还很有胆量。"

"那小左卫门和阿节后来如何了？"

"这里面也有故事。"半七老人说。

"德次这个人，用现在的话来说就是个工作狂，简单来说就是很有耐性。他扬言要在三年内抓到小左卫门，最后果然被他找到了，而且还很像歪打正着……

"花鸟行刑伏法是在天保十三年五月，到了第二年五月，刚满一周年之际，德次去了一趟世田谷的北泽村。那里有一座森严寺，寺里有供奉淡岛明神的神社，据说那里有淡岛神梦中示现的灸术，非常有名，江户周边有许多人特地去那里灸治，一时间香火非常旺盛。

"德次当时也受脚气所扰，便拖着沉重的双脚大老远跑去北泽，正在门前的茶馆里等待时，忽然看见人群中有个年纪四十三四岁、浪人装扮的男人很像小左卫门，所以德次就一直悄悄盯着他。

最后轮到那个浪人灸治，他就进了寺里。德次从茶馆里的人那儿打听出此人叫平田孙六，以前在这里给人算卦，但独生女出落得水灵，被砧村的望族看上并迎娶，现在安闲隐居，过得逍遥自在。德次心里想，这是梅开二度故技重施啊。但那天他什么都没做，回来把一切都准备妥当以后才过去抓人。

"最后查明，平田孙六的确是假名，他实际上就是矶野小左卫门。阿节在逃出锅久后，躲在了北泽村一个叫清左卫门的农民家中。清左卫门经常进出小左卫门过去当差的旗本宅邸，所以才让她藏身。小左卫门逃出山谷后，也与女儿一起在他家暂避了一阵子，但后来阿节因容貌出众而被豪强人家迎娶，他便正好借了这个机会过起了日子。但他得了现在说的风湿病，那阵子双手胳膊疼，所以去了森严寺施灸，算是运数已尽。当然，本来是该把阿节也从现在的夫家抓回来的，但捕吏一到，她就似明白了一切，径直纵身跳进了后门的古井里。这回投井的不是替身，而是本人。

看来她跟水很有缘分，也不知这是否是一种因缘。

"根据小左卫门的供述，阿节嫁入锅久之后，他每月都会收到不菲的接济金。本来他已满足于此，无奈花鸟不答应，阿节也不答应。他在其中被二人裹挟，这才一步一步愈走愈错。但这终究只是他的一面之词，真相是否果真如此呢？"

03

正雪绘马 [1]

---

[1] 绘马：在日本神社、寺院里祈愿时使用的一种供奉物品，一般用木板制成，呈五角形。日本人自古视马为神明的坐骑，故有信徒将活马奉献给神社以表虔诚或祈愿，但因各方因素制约，逐渐发展为木马、土马、纸马等非实物马型物品，最终发展为在木板上绘画马匹，称为绘马。

一

我记得那是明治三十年（1897）秋天，十月第一个星期日的早晨，我照例拜访半七老人时，他正坐在六叠房间的外廊上读着《东京日日新闻》[1]。老人钟爱历史小说，非常喜欢上月开始连载的塚原涩柿园[2]的《由井正雪[3]》。我倒是很诧异，

---

[1]《东京日日新闻》：东京第一家日刊报纸，公元1872年创刊，1943年因新闻统制政策而与《大阪每日新闻》合并，更名为《每日新闻》，是如今日本《每日新闻》东京地区业务的前身。

[2] 塚原涩柿园：明治时代小说家，江户市谷人，本名靖。出身幕臣之家，明治维新后家道中落。公元1874年进入《横滨每日新闻》工作，公元1878年转至《东京日日新闻》，以杂报记者的身份撰写剧评，并著有《天草一揆》《由井正雪》等多部历史小说。写作多用文言文。

[3] 由井正雪：江户时代初期的军事学家，庆安四年（1651）挑起由井正雪之乱（亦称庆安之变），计划推翻幕府，后因背叛者密告而败露，于骏府自刃，时年47岁。

因为之前一直觉得半七老人这样的人物不会喜爱历史小说。对此，老人是这样解释的：

"我是个怪人，年轻时还身处江户时代，自那时起我就觉得评书中的战斗场面比落语和世情故事有趣多了，因此没少被人取笑说我的喜好和专管世间事的职业太不搭调。由此，当下流行的恋爱小说不合我的口味，只好尽量找历史小说读。涩柿园老师的文风虽然难懂，但只要坚持读下去就能渐渐理解。尤其是这次的《由井正雪》，对于我们这些人来说是极为熟悉的，因而每天早上都读得津津有味。"

半七老人由此打开话匣子，今早便聊起了由井正雪。老人毕竟是内行，很熟悉逮捕丸桥忠弥[1]的过程。以此为开头，老人又说出了这样一句话：

"不知那块正雪绘马如今怎么样了。"

"正雪绘马……在哪里？"

---

[1] 丸桥忠弥：庆安之变中企图颠覆江户幕府的武士之一，因背叛者密告而遭逮捕，成为第一个在江户铃森刑场被处刑的犯人。

"在堀之内[1]附近。"老人解释道，"在堀之内祖师[2]西南方大约半里（约2千米）外的和田村有座大宫八幡神宫。虽然不知道这座大宫现在成什么样了，但在往昔，从神社大门到中门那一町有余（百余米）的距离之间，道路两旁各种着一排高大的松树，甚为庄严。神社里松树、杉树长得高大茂盛，一到夏天蝉鸣便喧嚣不止。由于位置有些偏僻，平时没什么香客。不过听说九月十九日举行大祭时，附近町村的信众便会聚集起来，非常热闹。这里的神殿中挂着一块古旧的绘马，宽二尺四五寸（约75厘米），长一尺三四寸（约40厘米），上面画着一只白鹰，旁边写着'庆安二二'四字。'庆安二二'就是庆安四年，也就是由井正雪、丸桥忠弥等人谋反的那一年。至于

---

[1] 堀之内：位于今东京都杉并区中东部，因中世纪武士、大名的居馆周围有堀、垣环绕，故称"堀之内"。

[2] 堀之内祖师：指现东京都杉并区堀之内的妙法寺，又称除厄祖师，为日莲宗本山，山号圆龙山。妙法寺是该区最具代表性的寺院，以消灾祈福闻名，当时自江户前往堀之内拜谒者众多，称为"堀之内诣"。

为何不明写'四年'而特意写成'二二'，是由'二二得四'引出的诙谐之语或是有什么旁的意味，这就无从得知了。

"况且这绘马上并未写明供奉人是谁，故而从来没人知晓它究竟是谁供奉的。自庆安四年后又过了六七十年，到了享保年间，据说第八代将军[1]来此拜谒时看见这块绘马，当即说这是正雪真迹。虽不知将军为何识得正雪的书画，但据说自那以后，大家便认为这绘马是由井正雪所供了。既然如此，正雪对于德川家来说应是反贼，照理应该立即将他的绘马取下丢弃才是，可这绘马之后还是原样挂着。如此看来，将军当时究竟是否说过那话就存疑了。不管怎样，这正雪绘马在江户时

---

[1] 第八代将军：德川吉宗，纪州藩藩主德川光贞的第四子，幼名源六，十岁改名新之助，公元1716年德川宗家绝嗣后以贤候身份继任将军。在位期间借鉴先前的藩政经验实行"享保改革"并奖励武艺和俭约风尚，开发新田，允许输入与天主教有关的外国书籍。因稳定暴涨的米价，被百姓尊称为"米将军"（又称"八十八将军"），堪称幕府中兴之主。

代颇为有名。我见到它时已是江户末年，此时距庆安四年已有两百年，绘马的木纹已然隆起，看着非常古雅。这绘马身上还发生过一个故事。

"现在各地神社里依旧悬挂绘马，往昔也十分盛行，江户有众多专门制作绘马的绘马铺，最出名的老字号当属浅草茅町的日高屋。但这个故事牵扯到的是四谷盐町的绘马铺大津屋，这也是家相当老的铺子。"

安政元年（1854）的春季，天气阴晴不定，元月显然比往年暖和不少，然而一进三月，天空时常电闪雷鸣。尤其是三月二十六日夜里雷声大作，翌日又是暴雨惊雷，整个江户甚至有几处遭了雷劈。

"这天气真是哪儿也去不了。"

今天一天都大雨倾盆，半七心不在焉地吃过晚饭。傍晚六刻半（晚上七时）左右，雷雨终于停歇，天上不见月亮，却有无数星光开始闪烁。左右今晚也没有去处，半七正打算早早歇下，忽听得格子门打开的声音，小卒龟吉来到了餐室。

"晚上好……"

"今儿雷打得可真响……"

"这时节很少见，真是吓了我一跳。"

"你从正门进来，莫非带了人来？"半七问。

"其实是有人求我帮忙引见，我这才不得已来了。头儿，您能见见吗？"

"你都把人带到这儿了，我还能说什么？先带进来吧。"

规规矩矩跟着龟吉进来的是四谷大木门旁的老字号油铺——丸多的掌柜。说是掌柜，他今年只有二十五六岁，身形消瘦，见面便客气地报上了名号："我叫幸八，幸会。"半七久闻丸多这家铺子，便也客套回道：

"往昔一直无缘结交贵铺，初次见面，你就是丸多的掌柜？"

"我只是担着掌柜的名头，实则还是个初出茅庐的生手，日后还需劳您照拂。"幸八反复客套道。

见他神情晦暗，半七心道他大概有事相求，

嘴上正与他客套着，此时龟吉从旁插话：

"掌柜说他嘴笨难以启齿，不如由我代为说明？"

"谁说都一样，赶快让我听听究竟是什么事才好。"半七问。

"其实，头儿，事情是这样的，"龟吉膝行靠近一步，说明道，"丸多的东家有个嗜好，可眼下做过了头。"

"东家贵庚？"

"东家名叫多左卫门，今年似乎四十六岁。"

"四十六……"半七笑道，"那应该不会沉溺于附近新宿的勾栏瓦舍。究竟是什么嗜好？"

据龟吉说，丸多家主尤爱收集绘马。先前说过，江户时代非常流行绘马，故而热爱收集古老而珍稀的绘马之人亦不在少数。这些同好时而齐聚一堂，各自拿出藏品相互传看欣赏。如此一来自然滋生了攀比之心，有人便存了拿出些奇珍异宝一鸣惊人的心思。如此，许多人渐渐不满足于普通绘马铺出售的商品，转而穿行于附近町村的神社之间，搜罗珍稀绘马。绘马本是祈愿者供奉给神明的东西，他人断不可随意带走。不过有人暗中运作，私下将它们要来。若是要来的倒也还好，有人甚至不经同意，直接扯下拿走。换句话说就是收集成痴，为了收集绘马已然不辨是非了。

丸多老板多左卫门便是其中一人，他钟情绘马已然超越了一般兴趣或嗜好的范围，当属痴迷了。他与山手的同好组织了一个"绘马会"，自己成为主事人，每年召开春、秋两次大会。大会一般在山手临时租赁的会场或是饭馆中举行，所有会员要带着自己半年间收集的珍奇绘马前来参加。

今年的大会于本月五日在四谷见附外的某个茶馆中举行。彼时，丸多老板拿出了一块古旧的大绘马，令在座的同好们大为震惊。他拿出的便是那块正雪绘马。能来参加大会的都是不亚于多左卫门的绘马痴，自然识得这块绘马。众人惊讶于丸多老板是如何得到它的，异口同声问他缘由，可多左卫门只是笑得春风得意，不肯详加说明。

于是在好奇心的驱使之下，便有几个会员约

着去大宫八幡查看，却见那块正雪绘马依旧好端端地挂着，众人又觉不解。其中一人认为，丸多虽表现得如同那绘马是他所有，其实只是设法求了神官，仅在大会当日悄悄借出了绘马。于是，那人便跑到丸多宅中诘问，谁知多左卫门竟笑着当场拿出了自己的绘马给那人查看，又令那人吃了一惊。除非世上有两块一模一样的绘马，否则其中之一必为赝品。那人左看右看仍觉得眼前的绘马就是正雪绘马，甚至连绘面都与之分毫不差，于是便对其来历刨根问底。终于，多左卫门悄声透露道：

"此事是绝密，我只告知你一人，你万不可外传。其实这是我从八幡神宫偷出来的。可若这来头甚广的绘马丢失，一定会引来追查，我便用赝品将它调包了。那绘马挂在高处，众人只能抬头仰望，谁也不会注意到那是假的。这世道，若不多费点心思如何弄得到好东西或稀罕物？"

他得意地吸了吸鼻子。听他此言的男人亦是个十足的绘马收集痴，早已干惯了随意扯走神社绘马之类的事，故而闻言后并未像普通人那般惊讶。但他似乎着实未曾想到还有用赝品调包真品这一手，后知后觉地感叹了一番多左卫门对绘马的痴迷之后便离开了。

二

　　无论哪个时代，世上都没有不透风的墙。丸多老板那所谓"只告知你一人"的一番话竟在同好之间传开，正雪绘马是赃物的传闻不胫而走。

　　四谷坂町的城内僧[1]牧野逸斋的二儿子万次郎早早打听到了这个消息。万次郎也加入了绘马会，与丸多老板素来交好。但在十多日前，他夜间来访丸多，与多左卫门在里屋密谈许久才归家，之后几乎每天来访。虽然老板绝口不提万次郎为何出入如此频繁，但从多左卫门那阴沉的脸色中大抵可以想象，他们所谈之事并非普通的请求或闲聊，故而老板娘和底下的掌柜们都很担忧。老

_____

　　[1] 城内僧：指能够进入将军或大名所居城内，在他们身边负责起居杂务、清洁打扫等工作的僧人。

122

板娘阿才找来大掌柜与兵卫商议，并在某夜万次郎告辞时，让与兵卫尾随其后。与兵卫中途邀请万次郎进入一家小饭馆，向他打听近段时日他与自己主家的密谈内容。于是，万次郎蹙眉悄声说道：

"你家主人捅了个大娄子。我也喜爱收集绘马，为此浪费了不少钱，也磨耗了不少时间，但你们东家过分痴狂了，再痴迷也不能从和田的八幡神宫盗出正雪绘马啊。他竟还特意备好赝品用来调包，这罪孽未免太过深重。若是普通绘马倒也罢了，或许还有办法暗中了事，可赃物偏偏是正雪绘马，这便有些棘手了。三岁小儿都知道由井正雪是叛党乱贼。虽不知上头为何任由那东西挂着，可你家主人竟看上了它，还将它盗出并藏在家中，此举就算被扣上目无尊上的帽子也无话可说。我不是吓唬你，那由井正雪便是妄图推翻德川将军一族的反贼。仰慕反贼，珍藏反贼所供绘马，这可不得了。万一事迹败露，尔等就是藐视朝廷之罪，轻则逐出江户，没收家财，重则死刑或流放远岛，历代传承的丸多家就此绝嗣覆族定是必然。"

与兵卫闻言，吓得脸色煞白。万次郎说得一点没错，一旦偷盗并珍藏反贼绘马之事败露，不知会有何等的灾祸等着他们。偷盗已然是作恶，所盗之物更是罪大恶极，此事如何都无法善终，与兵卫惊恐得浑身发抖。万次郎接着说：

"坏事传千里，绘马一事如今已是议论纷纷了。如若放任不理，不知会引来何种祸端。我素来与你家主人交好，近日一直忧心此事，想设法帮府上妥善了结。你家主人如今追悔莫及，将一切托付于我，可要摆平此事需要巨额钱两。此类事端即便用钱堵住了一两个人的嘴，若有其他人大肆揭发亦防不胜防。先不提奉行大人，光南北两个奉行所麾下的与力和同心就有三百人。即便少给一些，一人十两金子，这一下便去了三千两。还有捕吏，面子大的捕吏那里无论如何也要打点一番。这林林总总一合计，约莫要准备五千两。我心知这是一笔巨款，可若它能救主家性命，能保丸多无事，这代价看似昂贵，实则已是便宜了。"

万次郎说若要掩盖此事，先要堵住捕吏的口。以此为由，他前后两次从多左卫门处各要走了一百两。他又言此事不可能就此解决，催促多左卫门尽快筹措后续资金，可不知为何，多左卫门竟不愿意了。事情迟迟得不到解决，万次郎隐隐有些埋怨。他对与兵卫说，自己其实也不愿卷入此事，若丸多东家一直拖延，自己也只能收手。

此话听着像是威胁，但与兵卫认为在当前情势下依靠万次郎设法了结此事是条捷径，故而表示自己愿意负责筹措资金。不过丸多虽是世家，是老字号，但将铺内所有现钱都拿出来也不过两三千两，其余财产皆是地产和房产，无法快速变现，只有质给别家贷出钱财或请亲族先行垫付两个办法。故而，与兵卫请求万次郎给他时间安排对策。

"既然如此，不如先将现钱全部取出，日后再质押地产和房产？此事紧急。若再磨磨蹭蹭，可就成六日菖蒲[1]了。"万次郎急道。

"可若将现钱全部取出，铺子就做不了生意了。"与兵卫用各种理由推脱。

几番争辩过后，与兵卫答应在明晚之前先付两千两金子，之后二人辞别。与兵卫急忙回到位于四谷大木门的铺子上，立刻将此事禀报老板娘阿才，后者听罢亦是面如死灰。她立刻将丈夫多左卫门叫入里屋，与掌柜一左一右轮番质问，多左卫门便坦白了一切。他惭愧地说，因自己的嗜好问题引发众人担忧，内心实在愧疚。他接着又说，事情诚如万次郎所言，请二人设法处置。至于他为何只给万次郎二百两便不再出钱，多左卫门回说是因为金额实在太大。

---

[1] 六日菖蒲：整句为"六日菖蒲十日菊"，原指五月初五端午节后一日的菖蒲，九月初九重阳节后一日的菊花。日本人会在端午节用菖蒲装饰房屋，在重阳节用菊花装饰房屋，饮菊花酒，因而五月初六的菖蒲和九月十日的菊花便错过节日，失去了用处，以此来比喻事物错过时机不起作用。此句俗语起源与中国的"明日黄花"相近，但后世含义用法略有不同，特此介绍。

此事发生在两天前的夜里，当务之急是尽快筹钱，于是老板娘阿才再次与掌柜商议过后，翌日一早便去了下町亲戚家议事。与兵卫则出门办理质押丸多在淀桥一带的地产与房产之事。阿才在亲戚家碰了钉子，午时过后垂头丧气地回了家，结果不论在铺子上还是在后宅家中都没能见到多左卫门的身影。他似乎是从后门偷溜了出去，铺里伙计一直未能察觉。紧要关头不见人影，阿才心中不安，去客厅翻找一番后发现了一封书信。信是给阿才的，内容很简单，多左卫门先对自己的所作所为忏悔一番，后又委托妻子和与兵卫共同商议处理此事。

之后与兵卫回来，见到书信亦是愕然。两人先让铺里的伙计外出打听，然而未能得到多左卫门的消息。他究竟为何离家出走？若是一家之主因愧对妻子和掌柜而离家，未免太过小家子气。两人又在家中搜索了一番，发现多左卫门早先收藏的众多绘马当中，唯独那块正雪绘马不翼而飞了。通过当时在后门水井边浣洗衣物的婢女证言，大家推断，多左卫门似是抱着正雪绘马出了门。那婢女说，她自背后瞧见老爷腋下夹着块东西出门去了。那东西两三尺长，状似匾额，外头用一块布巾包着。

多左卫门之所以离家出走，或许多少包含了愧对妻子和掌柜等人的意思，但更多的是出于对正雪绘马强烈的爱惜之情。就算事态因万次郎的多方运作而平息，假绘马也不可能继续顶替真绘马。届时，真绘马是必要还回去的。这对他来说是无法忍受的痛苦。最终，他许是决意抛弃家业，舍弃妻子，甚至毁灭自身也义无反顾，抱着正雪绘马失踪了吧。换言之，他是为绘马发了痴。即便在那个时代，若有人对某种事物过于痴狂，众人也会斥之为愚昧或疯癫。多左卫门似也因过度醉心绘马而近乎失心疯了。此事太过可悲，阿才和与兵卫皆不知该如何评价，只能对望一眼长叹一声。

那天日暮之后，万次郎如约而至。与兵卫说出主人离家出走一事，表示在找到主人下落之前无法支付那两千两打点费用，请求万次郎再宽限一段时日。万次郎不肯相信，竟然疑心是丸多家众人合伙藏匿了家主。

"掌柜的，我昨晚便与你说过，我是出于好心才帮你们奔波。若你们枉费心意，暗地里做些小动作，那我也只好撒手不管了。日后若出了什么事，即便是你家主人被官差捉了去，又或是铺子倒了，你们也不要恨我。我断不想和这种事扯上关系。"

万次郎似乎极其不悦，粗暴地踩着草垫起身走了。多左卫门当晚自然没有回家，丸多一家在忐忑不安之中度过了一个雷雨夜。

"我们接下来该如何是好？"

走投无路的阿才和与兵卫又凑近额头商讨一阵，将年轻掌柜幸八也叫进了里屋。他虽是掌柜，却不是彻彻底底的外人，而是阿才的远房亲戚。丸多夫妻俩膝下无子，私下已经决定日后收幸八为养子。因有这层关系，幸八也处于必须竭力为此事善后的立场之上。

眼下这情形，无论要做什么都必须先找到家主多左卫门，因而他们决定委托相识的捕吏小卒暗中搜寻。去年年底曾有一名丸多伙计收账之后带着收回的钱两逃走，彼时小卒龟吉前来调查，结识了与兵卫和幸八等人，故而此番他们便派了幸八前去拜会龟吉。当日午后，幸八便冒着雷雨乘轿前往龟吉家请求助力，龟吉正好也因大雨滂沱而困于家中。听幸八说完详情，龟吉歪头说道：

"此事棘手，凭我一人恐怕难以解决。即使找到了东家的下落，后面的事情也难办。还是得去问问头儿的主意。"

正因如此，龟吉才会带幸八过来。幸八笨拙地补充了龟吉话中的疏漏之处，又郑重请求半七帮忙。

半七听完二人的说明，也歪起了头。

"原来如此。龟吉说得没错，此事着实麻烦。尤其还牵扯到了城内僧的儿子那厮，更是麻烦。不过既然你特意前来求助，我会尽力想办法。也请你回去让老板娘不要太过担心。"

"有劳您多多费心。"

幸八再三恳求后才离去。

"头儿，百忙之中来求您，实在抱歉。还带来件这么棘手的案子……"龟吉说。他一定从幸八那里收了不少酬劳。

"好了，制作假绘马的是哪家铺子？"

"听说是盐町的大津屋。"

"前去调包的人是谁？难道是丸多家主亲自动手？"

"这我不清楚……但约莫不是他亲自动手。我猜应当是雇了别人。"

"嗯。再怎么痴迷绘马，堂堂大户人家的一家之主也不可能亲自动手。他究竟是交给了绘马铺的人办，还是另找了帮手，这些皆需探查清楚。神社的绘马出事当归寺社奉行所管辖，与我们无关。尤其此事发生在堀之内，根本轮不到江户的町奉行所出手。我们只要做好人家委托的事，找到丸多家主所在之处便可，但此事恐怕不会就此结束。俗话说送佛送到西，半途而废总觉得遗憾，既然接下了这桩事，我也想做到最后……但是无论如何，不先去现场看看便无从下手。照眼下的天色看，明日天气当会好转。总之我们一起去和田瞧瞧。你明早五刻半（上午九时）之前去四谷大木门等我。"

"是。"

龟吉出了门，望着天空说道：

"头儿，明日的确是个好天……星星多得像要下星雨哩。"

三

　　龟吉说得没错，翌日，也即二十八日的早晨晴空万里。三月末突然好转的天气让身上的棉衣显得有些厚重，虽然即将换季更衣，可往昔的人都很守规矩，不能即刻换上夹衣出行，故而半七只好忍着闷热从神田往山手方向走去，行到中途已然发汗。半七脱下羽织搭在肩上，到达大木门后发现龟吉已经如约在此等候。

　　"天气有些好过头了。不过总比下雨好。"

　　"是啊。若像昨天那样，我们可就没辙了。"龟吉一边随手叠着手里的羽织一边说。

　　两人自内藤新宿的旁支道经过角筈、淀桥，路过堀之内的妙法寺后来到和田。路旁迟开的樱花已然被雷雨打落满地。

　　两人就萌出新芽的花木闲聊一番，中途几次

向农家问路，最终才沿着田埂来到八幡神宫门前。

"许是因为头一次来吧，总觉得好远。"半七歇下脚步说。

"有些累了。先抽管烟吧。"

二人在路旁的石头上坐下，拿出烟袋。天空更加晴朗，周围的麦田里还传来了云雀的鸣叫声。今日没有风，半七凝视着从烟筒里笔直升起的白烟，平静地说：

"喂，阿龟。我一路上一直在思量，这里的绘马约莫没出事。"

"是吗？"

"恐怕是的。说什么拿赝品调包，其实是丸多家主被骗了。他手上的大概才是赝品。"

"原来如此。"

"若是如此就无甚好说的了，不过是丸多家主受人诬骗，高价买了赝品而已。我寻思此事大抵就是如此。不过谨慎起见，还是调查一番吧。"

二人沿着两排松木中间的道路来到神宫前，发现神宫内比想象中宽敞。面朝东方的神殿里挂着各式绘马。两人在其中望见了那块画着白鹰的绘马，便凑过去无言仰望半晌。最终，半七露出微笑，仿佛自己的猜想成了真。

"我虽是外行，没法鉴定这些东西，但这绘马不论色泽、木纹均不像仿品。这确实就是真迹。"

这时代神佛合一，八幡神宫亦是大宫寺的一部分。半七前往寺院，亮明身份并询问正雪绘马的真假。寺里的僧人们闻言也骇然跑去查看。他们当着半七的面取下绘马，仔细查看正反两面后说这绘马没有可疑之处，正是本社自古传下的绘马。

"我明白了。其实我已料到事情大概如此。"半七说，"顺便再请教一事，贵社最近可曾见过有人前来临摹这绘马？"

"如此说来，去年大约十月、十一月时……"一个年轻和尚答道，"有个四十岁左右商人打扮的男子带着个二十三四岁的女子来参拜，在这绘马下驻足观望了一阵后，女子便拿出墨盒和纸开始临摹些什么。之后又来过一次，但那次只有女子一人，依旧在一心一意地临摹。"

半七和龟吉打听出那女子的相貌与打扮后，便辞别诸位僧人。

"那女子是个绘师吧。"龟吉说。

"嗯。既然要制作赝品，自然要找个绘师同伙。那男人应是绘马铺老板，女子应该就是铺里的绘师。回去以后，你去查查那女子。"

"是。她是女绘师，又知晓年龄与相貌，应该很快能查到。那大津屋该怎么办？暂时先不管？"

"迟早要抓起来，眼下且让他们逍遥一会儿。果真如我所料，这里的绘马并未出事。如此看来，定是大津屋老板骗了丸多，卖了他假货。一无所知的丸多家主还把这假货当宝贝捧着，也不知晃去了哪里。仔细一想真是可怜，倒是让我想早些找出他的下落。"

"回程不如顺便绕去堀之内瞧瞧？"

"说'顺便'过去恐怕对神佛不敬，横竖我们也极少来这儿，不如吃了晌午饭再过去拜拜。"

二人绕到堀之内，在信乐吃了顿稍迟的午饭，然后进妙法寺参拜祖师。归来路上，半七又说：

"我忽而想到，那城内僧的二儿子……叫万次郎的，怕不是与大津屋老板合谋诓人？他们利用丸多痴迷绘马一事，先是大津屋用赝品讹诈钱财，再换万次郎拿反贼绘马说事，以此恐吓丸多，企图干一票几千两的大买卖……若事实果真如此，他们真可谓胆大包天。不过城内僧的儿子多不是善茬，稍有不慎便会被反咬一口，须得小心些。"

两人沿着来时的路回到四谷，在大木门处顺道拜访了丸多铺子，掌柜们叹息说家主多左卫门依旧下落不明。

半七叫出幸八，悄声与他说了今日调查的结果。

"如此这般，绘马一事不必担心了。虽然上当受骗者有错，但欺瞒他人者更可恶。再者，那城内僧的儿子之后可有再来？"

"自前日晚上怒气冲冲地离开后，昨日今日皆不曾再来。"

"若他再来恐吓或抱怨，由于那关键的绘马并未出事，你们无须害怕，随意应付过去便可。"

"此番多谢您费心了。"幸八略略安心道。

半七二人又自大木门返回盐町，来到大津屋的店头时，日头已然快要落下。昏暗的铺子里挂着众多大大小小用于出售的绘马，有一个年轻匠人和两个小学徒正在干活。半七装作顾客进入铺里，随手买了一枚绘马，结账时向匠人问道：

"老板可在？"

"晌午便出去了。"匠人回答。

"可知他何时回来？"

"最近他经常出门，不知何时会回来……您有什么事？"

"哦，我想委托贵店做一块大绘马拿去供奉，可老板不在就没法子了。我回头再来。老板娘也不在？"

"老板娘……四五前便去世了。"

"这么说来，老板是鳏居。那孩子……"

"有个女儿。"

"几岁了？"

"十八了。"

"长得可美？你相貌不错，怕是已和小姐好上了吧？"

"您真会说笑。"匠人大笑道。

半七也笑着走出铺门，行过五六间距离后回头望着大津屋说：

"喂，阿龟，有些忙起来了。你去调查大津屋老板和他女儿的消息，越多越好。万次郎那头叫阿松去查。丸多家主已是半疯了，现下根本没法查他的去处。还有，虽料想你应当不会出错，但你调查大津屋时，顺便也查查那女绘师的线索。"说着，半七又忽然笑起来，"哎，不行不行，我也是糊涂了。方才在铺上明明可以直接问画绘马的是谁……真是失策。"

"不碍事，这点小事马上就能查出来。"

已是傍晚时分，街上的商铺渐次掌灯，半七和龟吉便在街道上零星的灯火中分别了。

四

翌日又是阴天，傍晚淅淅沥沥下起了细雨。半七正抱怨好天气不长久时，当夜五刻（晚上八时）过后，龟吉和松吉一起露了面。

"恰好在外头碰上了。"

"那正好。闲话少说，你们俩的差事都办得如何了？"半七问。

"那我先说吧。"龟吉说。

"大津屋老板叫重兵卫，今年好像四十一岁。自五年前妻子去世之后，家里便只有他和女儿阿绢二人。眼下许是在外面养了女人，近段日子经常不着家。还有，头儿，外头好像怀疑他女儿阿绢和城内僧的二儿子有首尾……如此看来，应该正如头儿您所料，万次郎和大津屋是一伙的。还有出入大津屋的女绘师号称孤芳，二十三四岁，容貌姣好，还未出阁，听说住在新宿的阎魔堂[1] 附近。虽然还没彻底查清，但我认为这女人要么与大津屋老板有染，要么与万次郎有私情……"

"或许如此。"半七颔首道，"阿松呢，你查得怎么样？"

"我这倒是查得顺畅。"松吉平静地说，"头儿也知道，住在四谷坂町的城内僧牧野逸斋，长子叫由太郎，次子便是万次郎……万次郎今年二十一岁，还未有人收他为养子，至今赖在家中。他也嗜好绘马，据说在出入大津屋期间，如方才阿龟所言，他与大津屋的女儿有了关系。但我稍加打听了近邻对他的评价，万次郎这家伙虽未有人称赞，却也没什么特别坏的风声，至多也就是世间对家中次子三子的惯常评价，浪荡爱玩罢了。"

"那大津屋的重兵卫呢？他也没有坏名声？"半七又问。

---

[1] 阎魔堂：指现东京都新宿区新宿二丁目的净土宗寺院太宗寺内的阎魔堂，其中供奉的阎魔像是都内最大的阎魔大王像。阎魔即阎王。

"这个嘛……"龟吉稍加思索，"他在街坊间的名声似乎也不坏。与万次郎一样吧，不算好也不算坏。不过他家毕竟是老铺，家境好似不错，听说在淀桥一带有两三处房产出赁。"

"他女儿如何？"

"今天头儿一问她长得美不美，铺上的匠人们就笑了吧？确实可笑。我今日也是头一次瞧见她，简直不想看第二眼，几乎可以夺了'阿岩'的招牌。可怜，听说以前得过严重的痘疮。但她终归正值妙龄，与万次郎有了苟且……不过那万次郎身为次男，是家中米虫，约莫是打着入赘大津屋为婿的主意，才勉强与她来往吧。"

"我大致明白了。"半七睁开了微眯着的眼，"父亲重兵卫知道女儿和万次郎的关系，大概打算之后纳他为婿。这倒没什么，只怕他利用丸多家主对绘马的痴迷，制作了假绘马，再让那个叫孤芳的女人绘上图案，接着将假绘马卖给丸多……之后便轮到万次郎出马。果然如我所料……从你们方才的话看，万次郎那厮似乎没什么胆量，恐怕一切都是重兵卫在背后指使。自己在背后掌控大局，巧妙地操纵万次郎，打算大干一场……此人也是个颇有手段的角色。由井正雪泉下有知怕是对他赞不绝口。不过，若他们就此乖乖收手，以后再不去丸多找碴儿，我们也没别的办法，只能放他们一马。一切就看事情今后的走向如何了。"

"唉，也是。"龟吉回应道。

"不过丸多家主可真不叫人省心。虽然同情铺里的人，可眼下完全不知该去哪里搜寻，又该如何找他。"半七叹气道。

之后几人聊到临近四刻（晚上十时），龟吉二人告辞走出半七家中，不一会儿竟又跑了回来。

"头儿，出大事了！听说丸多家主死了！"

接着掌柜幸八也跑了进来。

"此前劳您费心，我家主人的遗骸找到了。"

"在哪里发现的？"半七连忙问。

"在旁支道布告牌边的堤坝下……"

"那岂不就在你们铺子附近？"

"是，离铺子不远。"

"怎么死的？"

"在松树上吊死的。"

"那块绘马……"

"未在尸身旁发现。如您所知，那里是玉川的上水道，堤坝对面是天龙寺。堤坝下有一棵老松树，东家将自己的腰带抛上了粗树枝……钱夹、烟袋、手纸等全放在遗体边，但没看见那块绘马。那一带行人稀少，到今早六刻半（早上七时）左右才有过路人发现。丸多的铺子虽说在附近，但也有一些距离，故而没能立刻知晓此事。待到仵作验完尸，查明死者身份后传唤我们时已是七刻（下午四时）左右。我们赶紧跑去现场，一直在那儿接受审问，直至日暮之后才将尸首取了回来……本想立刻来通知您，可铺上实在乱作一团……"

"出了这等意外之事，你们必定是忙乱的。"半七同情地说。

"那仵作说是怎么死的？"

"说是发狂……因不是被杀，而是自缢，查案的差役们也没为难我们。"

"如此甚好。此事虽不用我们出面，但请容我们去铺上吊唁一番，聊表哀思吧。喂，阿龟阿松也一块儿来。"

幸八因雇了轿，先行告辞。半七中途买了线香，带着两人一同前往大木门。万幸雨已经停了，可是天色已晚。

"丸多家主或许不是自缢，而是被他人勒死挂上去的。"半七边走边说。

"难道这次也是大津屋的人干的？"龟吉小声问道。

"将人绞杀之后挂在树枝上，很常见的把戏。"松吉也说。

"总之，过去看看应当能发现些端倪。"半七说，"若果真如此，别说放他们一马，非得一次将他们绳之以法不可。又要闹腾一番了。"

三人走到大木门附近，幸八已让铺里的伙计提着灯笼出来迎候了。入了铺子，半七供上带来的线香，又向死者家属致哀。今夜主家只通知了亲戚，打算明日再对外宣布丧事。可这到底是家老字号，平日来往之人早已赶来，偌大的家宅如今拥挤不堪。

"虽已验过尸，但可否容我们再查验一次？"半七问过亲属和掌柜之后，揭开了横躺屋中的多左卫门脸上的白布。半七一手举着蜡烛，先仔细端详死者遗容，再检查咽喉部位，最后逐一查看死者手指。

勘察完毕后，半七前往外廊洗手钵洗手，此时幸八跟过来悄声问道：

"是否有可疑之处？"

"我有些话想说，请您叫大掌柜过来。"

半七把与兵卫和幸八叫到另一个房间里，说出了自己的想法。他说，自己时常查验自缢身亡者的尸体，却从未见过死者露出如此痛苦的表情。此外，死者咽喉处有轻微抓挠伤，左手中指与右手食指的指甲上略有缺口。综上考虑，家主应是被他人绞首，竭力挣扎试图解开绞绳之时气绝身亡的。从表面上看，家主是用腰带自缢而死，但从脖颈处留下的伤痕看，他应是被人用细绳勒死的。故而半七召集众人征询意见，是要将此事当作家主发疯自缢了结，还是要视为他杀，追查凶手。

与兵卫等人听罢大为惊诧，召集以遗孀阿才为首的众多亲族进入里屋，立时展开讨论。现场分裂为两派。稳健派认为，如今主张他杀再掀波澜怕会影响声誉，不如将错就错平息事态；强硬派则认为，既是他杀，那么找出凶手令其担负应有罪责才是正道。阿才坚定主张要竭尽全力为家主报仇，稳健派争辩不过败下阵来，最终决定委托半七捉拿凶手。

第二天，丸多铺子上为家主举行葬礼。由于对外声称主人是发疯自缢而死，葬礼不宜办得太过铺张，但依旧有许多人送葬。大津屋的重兵卫也是送葬人之一。

葬仪结束后，龟吉跟在重兵卫身后，发现他去了太宗寺方向。该寺供奉有新宿阎魔像，甚为有名。寺庙附近有一幢二层小楼，重兵卫打开入口的栅门，庭院中开着白色玉兰花。

龟吉向邻居一打听，原来这就是女绘师孤芳的住所。如此一来，龟吉便查明，重兵卫与孤芳的关系正如自己所料。龟吉继续向邻居打听，发现除重兵卫以外，还有一个二十岁上下，肤色白皙的男子时常出入孤芳家，此外还有个十七八岁其貌不扬的姑娘偷偷前来。那男子恐怕就是牧野万次郎，姑娘大概是大津屋的阿绢。孤芳相当于重兵卫的外室，万次郎和阿绢则借此地二楼幽会。龟吉认为，这应当是有可能的。

　　半七听了龟吉汇报后说：

　　"既已知道了这些情报，我们须当以此为线索，更加深入地调查。虽说杀害丸多家主的凶手多半就是大津屋的重兵卫，但没有确凿证据无法动手抓人，你且再耐心盯着他们。"

　　龟吉应下此事，十多日后又来汇报说孤芳搬离了太宗寺附近。他说女绘师突然离家，如同夜奔一般飞速逃离，连近邻都不知她搬去了哪儿。

　　又过了十多日，龟吉再次带来新情报：大津屋的女儿阿绢离家出走下落不明，似乎是与万次郎一起私奔了。万次郎依旧住在四谷坂町的父兄家中。大津屋隐瞒女儿离家出走之事，只说是送去了房州[1] 亲戚家中养病，但近邻都知晓她其实是突然离家出走了。女绘师趁夜奔逃，女儿离家出走，任谁都能轻易明白此二者间必有牵扯。半七对此虽多有猜测，但始终没来得及做下结论。就在他举棋不定之间，四月悄然落幕了。

---

[1] 房州：安房国的别称，属东海道，其领域大约为现千叶县南部。

五

"当时可谓异常惊险，胆子都快吓破了。"

半七老人似是回想起了当时的光景，深深叹了口气。受他影响，我也不禁全身僵硬。

"发生什么事了？"

"你且听我说。我多次说过，嘉永六年（1853）黑船来航，世道渐乱，幕府也开始注意海防。眼下随时可能与外邦开战，因而幕府在江户近郊的目黑、淀桥、板桥及其他数处建造了火药工场，大举制造大小火炮的炮弹。制造炮弹需要水车，故而工场地点多选择有大型水车的地方。如今想来，当时处理火药的技术恐怕还不成熟，经常发生爆炸，引起大骚动。"

"您也遇上爆炸了？"

"是啊，我在淀桥遇上了。你知道，那里是青

梅街道 [1] 的起点，自新宿的旁支道顺次经过角筈、柏木、成子、淀桥。往昔这里熙熙攘攘，几乎被称作江户的近郊。淀桥是座长约十间（约18米）的桥。桥边有一家五谷零趸铺，听说家主代代承袭久兵卫的名字，便是他家的铺子里有碾精米用的大水车。一说此地之所以得名淀桥，正是因为将这大水车比作山城国淀川水车 [2]，也不知是真是假。总而言之，久兵卫家因有大型水车，也被指定为火药工厂。在这故事发生的安政元年，六月十一日清晨六刻（早上六时）过后，这里突然发生爆炸。爆炸原因不明，有说是连日的炎热令硝

---

    [1] 青梅街道：庆长十一年（1606），幕府筑造江户城，为了将采掘自青梅成木村的石灰运至江户，大久保长安指挥铺修了这条青梅街道。江户时期，青梅街道于内藤新宿与甲州街道分岔，经由大菩萨岭、酒折村后再与甲州街道会合，因其是除甲州街道外又一连接江户与甲府的道路，故而又称"甲州里街道"。

    [2] 山城国淀川水车：旧时山城国淀川中的大规模水车，用于汲水引入城中，遗迹在现京都府京都市伏见区淀本町。

石过燥所致，也有说是不慎让火药见了火，总之声响震天，前后爆炸了三回。在这地动山摇之势下，久兵卫家自不必说，方圆二町（约2万平方米）的房屋、库房和仓房都被炸得一塌糊涂，方圆四町的土地皆有受损。这一带虽说热闹，但也只有主街附近，外缘多是水田旱地，故而受灾人家相对较少，但死伤却不容乐观。听说还有孩子受惊而死，亦有孕妇流产。唉，动静闹得着实很大……大家都被打了个措手不及，我们当时正在追捕犯人，更是惊险。"

"您当时在追捕谁？"

"正是方才所说的绘马一案中的大津屋重兵卫。"老人说。

"唉，说这次追捕之前，我先揭晓绘马事件的真相吧。毕竟若不说明真相，这故事也无法讲下去……我想你大致猜到了，丸多家主多左卫门痴迷绘马，已然半疯，大津屋重兵卫利用这一点，仿制了正雪绘马。接着，他假意答应帮助多左卫门调包真品，结果只是直接将仿品交给了丸多。

绘马上的白鹰图虽是女绘师孤芳所绘，但画也好，绘马上的木纹也好，似乎都做得异常逼真，竟让丸多也上当受骗了。说白了，这就是一件售卖赝品的诈骗案，倘若就此收场也就没什么事了。可重兵卫昧了三十两办事金不说，竟然贪心不足，妄图以偷盗并珍藏反贼绘马为由恐吓丸多，强索几千两金子。为此，他拉拢了万次郎帮他办事。"

"万次郎与大津屋的女儿当真有苟且？"

"当真有。世间多是痴情女子，大津屋女儿虽然其貌不扬，但也深陷情爱之中。她父亲重兵卫自然知晓此事，甚至放言日后让两人成婚，万次郎这才不得不接受了此次差事。万次郎年轻，骨子里也不是个彻头彻尾的歹人，此次是利欲蒙了心才甘愿受重兵卫的摆布。他们成功唬住丸多家主，最初两次各骗出一百两金子。可重兵卫并不满足，陷于几千两金子的大梦中不肯醒转，寻了许多理由唆使万次郎逼迫丸多，岂料多左卫门竟抱着绘马离家出走，计划就此腰斩。他们本想继续恐吓丸多的老板娘和掌柜，多捞些钱两，没承想重兵卫竟惹出了人命。"

"重兵卫杀了丸多家主？"

"多左卫门离家出走后的第三日，也就是三月二十八日夜晚，重兵卫去巡视淀桥的房产，接着又绕去千驮谷的门窗铺又助那里定制了一扇木滑门和两扇纸拉门。夜里四刻（晚上十时）左右提着灯笼经过布告牌边的堤坝时，他瞧见那大松树下隐约站着一个人影。重兵卫以为是有人要上吊，便将提灯[1]收进袖子，跑过去一看，发现竟是丸多家主，便错愕地叫住他。

"先前因多左卫门失踪才导致诡计未能顺利进行，此番碰巧遇上，重兵卫欣喜不已，安慰哄骗了多左卫门一阵，打算将他带回丸多铺中，可多左卫门怎么也不肯回去。他死死抱着正雪绘马不放，说一旦回家就必须将它还回去，自己万分不愿。唉，他已然半疯了，怎么也说不通。重兵

---

[1] 江户中后期，日本出现了可以折叠携带的便携式纸灯笼，称为提灯，便于旅行中使用。

卫最终着急上火，想凭蛮力将他拉回去，可对方硬是不肯。经此一折腾，多左卫门愈发暴躁，上手殴打重兵卫后便准备离开。重兵卫又将他拉住，两人最终扭打成一团……他们滚下山崖继续争执，正好手边落着一根细草绳，重兵卫恶向胆边生，扯过草绳就缠上了对方的脖颈……他本人是如此供述的，大约不是撒谎。杀了多左卫门就等于断了财路，重兵卫本也不想杀他，此时当真是一时冲动。

"可人已经杀了，总得善后，于是重兵卫解下死者的腰带绕上松树，将他伪装成自缢而亡，接着匆匆离开现场。他觉得若将假绘马留在原地，引来差役调查会惹麻烦，于是将绘马连着包裹在外的布巾一同带回家，砸毁烧掉了。原本将那布巾一并烧掉便无事，可重兵卫一贯吝啬，是个寸利必争之徒，他觉得犯不着折腾这一块布，于是原样留着，哪知运势到此为止。"

"如此说来，是那布巾令他露了馅？"

"你别急，继续听。我一点一点说。"

老人歇了口气，继续说道：

"接着讲到女绘师孤芳。她是孤身一人，没有兄弟姐妹，虽然画技了得，但从未跟随师父学习，算是自学成才，自然也就没有机会获得世人认可。她靠帮人绘制绘马等营生过活，不知何时开始受重兵卫照拂，在新宿太宗寺旁安了家，身份近乎外家小妾。因此缘故，大津屋女儿阿绢和万次郎也常借孤芳家二楼幽会……事情至此也就罢了，怎料孤芳竟与万次郎也有了说不清道不明的关系。孤芳二十四岁，万次郎二十一岁。女方年长于男方，致使女方的热情水涨船高。阿绢发觉了此事，于是一发不可收拾。她立即向父亲揭发，重兵卫惊诧万分，开始警惕。重兵卫、万次郎、孤芳和阿绢四人纠缠不休，事情变得异常棘手。

"万次郎恐吓丸多所得的二百两金子被重兵卫以日后一并分赃为由暂且扣下，可即便在丸多家主死后，他依旧推三阻四一毛不拔。万次郎屡次碰壁，心中亦是恼怒，他再三催讨赃款，可重兵卫冷眼相待，理都不理。不仅如此，他甚至收回了先前说要纳万次郎为婿的许诺。从重兵卫的立场看，他大概不愿将女儿嫁给偷自己小妾的人吧。除此之外，为了疏远万次郎，他催促孤芳连夜匆忙离开新宿，让她搬去了淀桥郊外。大津屋在那里有两处房产，其中一处空着。重兵卫去千驮谷的门窗铺定做滑门和纸拉门也是为孤芳搬家做准备。

"他自然未将孤芳的去处告知万次郎和阿绢，但也没能瞒多久。没过十日，两人就查出了孤芳的住处，结果此举竟然触发了后来的一系列连锁反应……"

六

半七老人的故事还未讲完。我正竖起耳朵打算听到最后，却见老人忽然回头看了一眼凹间里的座钟，接着唤来本在下房的阿嬷。阿嬷露面后，老人使了个眼色。阿嬷立刻了然，转身离去。我望着阿嬷的背影，倏然明白过来，觉得这样很是过意不去。老人定是让阿嬷准备午餐去了。我已从大清早叨扰到现在，如何还敢再让老人请吃午餐，于是慌忙将烟袋塞进袖子准备告辞，却被老人抬手制止。

"再等一会儿，故事马上就说完了。"

老人说话时，阿嬷似已快步出了后门，追赶不及。我只好作罢，磨磨蹭蹭地又坐回位子。老人接着说：

"四月二十一日傍晚，阿绢借口去附近澡堂，走出盐町大津屋，实则去了淀桥孤芳家。她怀疑孤芳留了万次郎在家，前去一探究竟。毕竟是自家房产，阿绢轻车熟路，绕至后门偷看一眼，果然瞧见一男一女正在外廊近旁边烧火驱蚊边亲热闲聊。阿绢见状怒气上涌，拿起厨房的厚刃菜刀闯进屋内企图杀死孤芳。孤芳骇然地跳入院子。阿绢欲追，却被万次郎抱住。阿绢发疯似的横冲直撞。万次郎试图夺过菜刀，不料一个失手……便是如此。但与重兵卫那时不同，此时不知万次郎是否故意杀死阿绢。万次郎既没分到赃，又没能当上大津屋的女婿，现在还被阿绢纠缠着，他心下厌烦，借机狠心捅了阿绢一刀也未可知。不管怎样，阿绢被刺中腹部，当场死于自己心仪的男人之手。万次郎和孤芳一同处置尸首，正将其埋入外廊之下，恰又碰上重兵卫来访。

　　"见事情已隐瞒不住，万次郎壮起胆子坦白一切，说是自己杀的人，让重兵卫将自己扭送官府。重兵卫似是衡量了一番。女儿被害，自己吃了一惊不假，可自己身上也有绘马的秘密，若让万次郎招了出去就麻烦了。还有一点，万次郎和孤芳或许已隐隐察觉自己杀害丸多家主一事，手里捏着自己的把柄，故而若将阿绢遇害一事闹大，自己也将身处险境。如此，三人商议过后，决定对外假称阿绢去了房州亲戚家或是离家出走，暗中了结此事。作为条件，万次郎不得再要求分得那二百两赃款中的一分一厘，同时必须自今夜起斩断与孤芳的关系。这对万次郎来说是笔很吃亏的买卖，可他毕竟杀了个女人，仰仗他人帮忙隐瞒，故而只好答应。如此，阿绢的尸身便无法送往寺庙。她父亲重兵卫也来帮忙，将尸身埋在了地板之下，近邻皆未察觉。"

"阿绢实在可怜。"

"持刀挥砍固然不好，可落得如此下场也确实可怜。总之，事情到此姑且平息。到了五月末，重兵卫叫来下谷的旧衣铺，卖了许多女儿的夏、冬季衣物。龟吉偶然打听出此事，觉得大津屋的日子既不窘迫，缘何如此大卖女儿的衣物，委实奇怪。如此看来，大津屋说女儿去了房州亲戚家应是假的，她要么死了，要么离家出走不再回来，二者必占其一。

　　"此外还发生了一件事。丸多铺子的菩提寺在中野。五月二十八日是多左卫门的当月忌日，老板娘阿才带着掌柜幸八和一个小伙计去为多左卫门扫墓，回城途中经过淀桥町郊，当时那一带有众多茅草顶的屋舍，其中一家的院子里落满了梅子。由于外围是低矮的方格篱笆，阿才等人路过时不经意地往院中一瞧，看见有个二十三四岁的女人正在捡梅子。这无甚稀奇，稀奇的是阿才和幸八望见梅树之间横着一根木竹竿，上面晾着衣物，而其中一块大布巾极其眼熟，赫然是丸多铺上的布巾，很像家主当时用来包裹正雪绘马的那一块。丸多的字号是圆圈中写一个"丸"字，但这块布巾没有丸多铺子的徽记，只是印有一个小小的垂藤纹家徽。两人一路纳罕为何这布巾会晾在这户人家院中，一回铺上，幸八立刻去通知了龟吉。当时龟吉已经知晓那户是大津屋的房产，女绘师孤芳正藏身于此。听闻此消息，龟吉心道果然如此，赶紧跑来我家报告。

"不巧的是，当时我和幸次郎正在办另外一桩案子，腾不开手。再者这件事里重兵卫、万次郎和孤芳三人之间盘根错节，如若轻举妄动抓捕其中一人，恐怕其他案犯皆闻风而逃，故而也不能全然交由龟吉一人去办，只得先命他小心监视。如此过了十来日，龟吉又打听出一件事。原来千驮谷门窗铺的又助接下重兵卫的订单，为淀桥的房屋安装滑门后，由于滑门开合不严实，又助于五月初上门修理，发现草垫和外廊上似乎隐隐有类似血痕的痕迹。由此，龟吉认为阿绢或许在此处遇害了。我也是这么认为的。

"过了一阵子，另一案件结案，我们终于得以着手这桩案子。我们查到六月十日夜晚，重兵卫要留宿淀桥，我和龟吉便出了门。幸次郎也想去。原本是不需要这么多人手的，不过我们还是带他去了，结果就遇上了前面说的那次大骚动……唉，真是万分凄惨。"

"火药爆炸不是发生在早晨吗？"

"事情拖到了十一日早晨……我们到达淀桥时是十日夜里四刻（晚上十一时）左右，原想趁他们熟睡时闯进去将其一举抓获，没承想我们进去一看，蚊帐一面的钩子已然放下，只有孤芳独自一人恍恍惚惚地坐在睡铺上。我们问她重兵卫在哪儿，她最初装糊涂说没来过，可她毕竟是个女人，很快就招了。我们继续审问，原来孤芳虽然承诺与万次郎分开，之后却依旧偷偷放他进来。重兵卫约莫有所察觉，今夜先我们一步进屋，抓到孤芳和万次郎躺在同一个蚊帐里。本以为重兵卫会怒火冲天，谁知他表现得异常冷静，说此处不便谈话，让万次郎跟自己出去说，将万次郎带了出去。孤芳说他们才走不久，我就让龟吉看守孤芳，自己带着幸次郎去附近搜寻。当夜乌云密布，天色幽暗，我们没能找到二人，无功而返，只得再度审问孤芳。她招供那垂藤纹布巾是搬来此地时重兵卫拿来的，之后一直在家中使用，并取出实物给我们看。至于外廊和草垫上的血迹，她坚称不知，硬说自己根本不知那是血迹，只以为是些污渍。

"我总不能上手殴打逼供，只得暂停审问孤芳，让龟吉和幸次郎在前后门望风，耐心等待重兵卫和万次郎回来。夏夜短暂，很快便会天亮，届时二人大约就回来了。我还是轻敌了，认为重兵卫将万次郎带到外面只是因为此事在孤芳面前难以启齿，应当不至于杀人，于是勉力强撑等他们回来。这种事情我早已习惯，倒也没觉得多累，只是蚊子委实多得吓人。与现在不同，以前闹蚊子，蚊群密密麻麻绕着人飞舞，这种时候真真是让人受不了。

"不久，邻家的公鸡开始打鸣，天色也渐渐泛白。破晓时分天色好转，七刻半（早上五时）时已是天光大亮，可二人仍未归来。龟吉等得心焦，正说要出门再搜寻一次时，重兵卫神情恍惚地回来了。龟吉和幸次郎将其围住，拉进了家中。问他万次郎在哪儿，他说半路吵架分道扬镳了。问他先前去了哪里，他说自己被狐精所惑，在外徘徊了一整夜。我暗忖他怕是杀了万次郎在装糊涂，便对他严加审问，但他翻来覆去还是同一番说辞，于是我暂缓问讯万次郎一事，转而问起丸多绘马一案。他虽承认受丸多家主所托造了赝品，却坚称并未答应帮其调包真迹。之后我拿出证物布巾推到他面前，冷不丁问他是否杀了丸多家主，重兵卫立刻变了脸色。此时唐突一声巨响，大地剧烈晃动，竟霎时轰倒了这茅顶屋舍。

"尚未及浮现逃跑的念头，我们便被震落在院子里，云里雾里之际又有一阵沙尘汹涌扑来，附近屋舍则或歪斜或倾塌。众人面面相觑，不知发生了何事，莫非发生了大地震或有飓风来袭？正在这时，重兵卫趁机向外逃窜。屋前篱笆已然倒塌，可以一路畅通无阻地逃上大路。我心想绝不能让他逃脱，紧跟着追了出去，龟吉和幸次郎也紧随其后。此时突然又是轰隆一声巨响，地动山摇，我们亦被震飞倒地。紧接着又传来咔啦咔啦的声响，竟是漫天火星飞扑了过来……我这才想到恐怕是火药爆炸，爬起身探看一眼。此地离起火地较远，没受到什么严重破坏。只是水车附近的民众恐怕全都不知被震飞到了何处，这么一想，便觉得胆战心惊。

　　"我张望一眼重兵卫的情况，只见他也一度倒地，又爬起来企图继续逃跑。我怒骂一声混账东西，好不容易将将追上那厮，结果不知从何处刮来的各种杂物阻塞了道路，路中央这里塌着屋顶，那里倒着大树，实在无法撒腿狂奔。重兵卫逃入屋后的庄稼地，我也拼命追赶。重兵卫几次被绊倒，我也屡次摔跤。唉，狼狈不堪。即便如此，我依旧追上重兵卫，自身后抓住他的左臂，岂料此时又发生了第三次爆炸……当时一心抓人，日后才听说第三次爆炸是最严重的。事到如今已然不分敌我，两人扭作一团滚进了地里，最后姑且逮住了重兵卫，可这么危险的抓捕行动还是头一遭。明明花费的时间只有片刻，整个人却累得不得了。"

　　"想也是如此。"我颔首道，"那龟吉和幸次郎怎么样了？"

　　"我运气好没出事，他俩却受了伤。他们被飞

166

来的物什砸中，龟吉只是轻伤，幸次郎则被狠狠击中了右肩，躺了一个月。当时死伤者众多，他们可谓是捡回了一条命。孤芳家也在第三次爆炸中被震倒了。"

"孤芳没出事？"

"不知。此事倒是稀奇……孤芳不知是平安逃脱还是被震飞到了某处，就此下落不明。万次郎的尸体在河里被发现，然而不知他是被重兵卫推下去的，还是黎明时分恍惚归来时被震落水中的。河里还浮着其他人的尸体，或许真是被爆炸震飞的也未可知。阿绢的尸体就被埋在地板之下。好了，故事大致讲完了，着实没趣得紧……"

话音刚落，阿嬷似瞄准了时机一般端上饭食，在我面前摆上了一碗鳗鱼饭。

04

大森鸡

一

某年正月下旬，我在一个寒风呼啸的傍晚拜访半七老人，当时老人刚从附近澡堂回来。彼时流行泡晨澡，我听闻半七老人每日清晨六点都会挂着手巾准时出门泡澡，可今日却等太阳西沉才去澡堂，着实有些稀奇。关于此事，老人先我一步开口道：

"今晚难得去泡了个夜场，因此我天黑了才到家……"

"您去哪儿了？"

"去了川崎……今日是弘法大师[1]的年度

---

[1] 弘法大师：空海（774—835）。日本平安初期僧人，真言宗开山鼻祖，赞岐（今香川咸）人。俗姓佐伯，幼名真鱼，谥号弘法大师。曾于公元806年入唐，遍访名寺，拜中国密宗大德惠果大师为师，回国后创立真言宗。

首祭。"

"正月二十一……确实是大师首祭。"

"本以为像我这样属于旧世代的人已然很少，不承想……人流竟比往昔多了好几倍，热闹得惊人。不过现在和江户时代不同，坐汽车非常方便。以前从江户到川崎的大师河原[1]要走五里半（约21.6千米），当日往返更是要走十里以上。女人自不必说，脚力不济的人中途都要坐轿子走几段，脚力好的走一趟也累得够呛。"

"即便如此，香火还是很盛吧？"

"虽比不上现在，但每逢祭典，香客还是很多。"半七老人颔首道，"据说文化初期，第十一代将军曾去川崎参拜……你也知道，川崎大师[2]被

---

[1] 大师河原：今神奈川县川崎市川崎区北部地区，旧大师河原村。位于多摩川六乡川河口右岸，平间寺大师堂即在于此。

[2] 川崎大师：平间寺大师堂。真言宗智山派大本山，山号金刚山，院号金乘院，以其通称川崎大师为人熟知。平间寺以祈求消灾解厄、住家与交通安全灵验著称，因此又称除厄弘法大师。

称为除厄大师，据说将军曾在四十二岁大厄之年前去参拜除厄。世人知晓此事后，都说连将军大人都去参拜，一定灵验，因此信徒剧增。我们这行的年轻人里也有许多信众。现如今的明治时代或许已没这观念，但往昔干我们这行的，还是有许多人信奉。也不知是为了赎罪还是避灾，许多人忙里偷闲前去神社抑或佛寺参拜。我们一年大抵会去川崎大师参拜两三次。不过人嘛，就是现实。到了明治时代歇了这行，我也就不怎么去求神拜佛了……但唯独正月的大师首祭，我一定会去为自己平日里疏于祭拜而向弘法大师请罪。刚才说过，现在的交通真是便利啊。今天也是，我中午时分才出门，优哉游哉地参拜完，还能赶在太阳下山时回来。换作以前，天蒙蒙亮就得出门，赶到高轮之后在海边茶摊里稍事休息，天这时才亮，实在辛苦。正因如此，一提正月里的大师首祭，心里就只有'冷'这一个字在脑子里来回打转……那时大家都凭借信仰扛过寒冷，但其中也有偷懒的家伙，穿上草鞋出了江户，白天就在品川游玩。以前就因为有这些人，大师河原的护身符在品川就能买到，堀内的供米被拿到新宿来卖，那些人就买这些东西，再若无其事地回江户……哈哈哈哈。我们不做那种缺德事，也正因如此才蒙大师赦免，得以如此平平安安活到今日。其实关于这大师参拜，还发生过一件事。这下我又要与往常一样，开始讲自己往昔的功绩啦。你随便听听吧。"

嘉永四年（1851）春寒料峭，正月十四至十七这四日连降大雪。雪融之后，整个江户都泥泞不堪。和今日不同，以前大雪过后大约半个月的道路都十分难走。半七整备好鞋履，和小卒庄太一起出门参拜二十一日的大师首祭。

两人在清晨六刻（早上六时）左右踏出位于神田的家宅，过了品川之后，泡了雪水的泥泞路异常难行。待两人走进大师堂照例参拜完毕，时辰已过正午。

"该吃午饭了。我们上哪儿吃？"

当时虽说热闹，却也不及今日，寺前的歇脚茶馆也只有寥寥数家。与每月的庙会不同，今天是大师首祭，每家店里都挤满了客人。两人寻思着不如干脆回川崎宿场的万年屋用饭，便饿着肚子顶着寒风回了川崎，却发现这里也拥挤不堪，万年屋和新田屋都已满座，谢绝新客入场。无奈，两个人只好缩在角落里匆匆解决了午饭。

"唉，真没法子。回到江户之前只能再忍忍了。"

两人在此换了双草鞋，来到六乡河边，发现已有十来个人等着渡河了。他们要么是旅人，要么赶着回江户，很少有当地人。其中有个三十二三岁的中年女人吸引了半七的视线，她虽用蓝灰色的头巾遮了脸，但仍能看出她微微晒黑的脸上化着淡妆，一言以蔽之，是个婀娜女人。她正蹲在沙滩上，托着一柄细烟斗吸烟。庄太凑过去向她借火。

"天气虽然不错，可冷得不行。"庄太说。

"可能因为刚下过雪，风冷得很。"女人说。

闲谈间，船来了，大家便三三两两上了船，

174

女人坐在船中央，半七和庄太则坐在船头。到达对岸河堤后，半七边往江户方向走边小声说：

"喂，庄太，那女人似乎有些面熟。"

"我也这么觉得，可想不起来。不像正经女人。"

"现在正不正经我不知道，但以前应该不怎么正经。"

"这女人腿长，身材也苗条。"

"你不就是因为这个才去借火的吗？"半七笑道。

"是，是，说得没错。"

庄太边笑边回头瞧，发现那女人似乎也要往江户去，正为道路泥泞而为难。两人从町屋走到蒲田，经过梅屋敷 [1] 时，没什么风流气质的二人过而不入，径直行至大森后，在卖当地特产麦秸制品的店铺之间发现了一家兼营吃食的歇脚茶馆。

"头儿，不如歇上一歇？我冷得快受不了了。"

---

[1] 梅屋敷：正式名称为清香庵，是伊势屋喜右卫门的别墅。因园中栽有 300 棵梅树，被誉为赏梅名胜，故此有"梅屋敷"之称。屋敷：日语中宅邸、公馆之意。

庄太哭丧着脸求道。

"想进去喝一杯？行，我陪你。"说着，半七带头进了茶馆。

茶馆规模不小，穿过院落亦有小包厢，可一旦入座不免要多耗些时间，二人就在铺子口的长凳上坐下，叫了些现成的小菜下酒，喝了起来。半七喝得不多，庄太则生性贪酒，这会儿借口饮酒御寒，一杯接一杯喝个不停。

"我说庄太，你要是喝得烂醉，我待会可就丢下你自己走喽？"

"别这么绝情嘛，让我再喝两杯。要是出来拜一趟佛却染了一身风寒回去，怎么对得起先祖助六[1]？"

这时，一顶轿子落在铺前，那名中年女人掀

---

[1] 助六：日本歌舞伎剧《助六》中的主人公。《助六》为市川宗家的御家艺的 18 种武戏歌舞伎演目——歌舞伎十八番之一，其剧目历史上多有变迁，嘉永年间上演的应是《助六所缘江户樱》。助六的侠客美男形象当时为众多江户儿郎追捧。

开轿帘迈了出来。女人付钱遣走轿夫，也在铺子口的长凳上坐下，看见半七二人便默默行了一礼。

"坐轿子来的？"庄太攀谈道。

"本想走着来，可路实在难走……"女人皱着眉头说。她似乎只想在此稍加歇息，点了一碟梅干，配着茶吃。

这一带的铺子都是这样，说是有院落，其实不过做做样子。旁边有一口大水井，井边空地上养着五六只鸡。几只鸡正在午后的太阳底下随意游荡。不知为何，其中的一只公鸡突然竖起全身羽毛，一下子蹿进铺子口的泥地，朝正在休息的中年女人飞扑了过去。女人"啊"一声惊叫着站起来，怎料公鸡张牙舞爪，对着她毫不留情地又啄又咬。女人惊呼着四下逃窜，公鸡则执着地紧追不舍。

铺里的男女见状亦吓了一跳，试图喝住公鸡将它赶走，可它却疯了似的上蹿下跳，一个劲地追着女人抓咬。半七和庄太看不下去，也站了起来。女人眼看着无处可逃，便躲到了庄太身后。

公鸡飞起五六尺来高，又朝女人扑过来，半七扬起手中烟管一把朝它挥去。公鸡挨了一记，摔落泥地，随即又跳起来准备飞扑。它的眼中似要燃起火焰，眼神竟比鹰还要锐利。半七见状心下一惊，可眼下情况紧急，只能先设法救下女人。半七麻利地脱下罩衫蒙住公鸡，此时铺子里的人也赶了过来，其中一个男人拿来鸡笼，手忙脚乱地将狂暴的公鸡塞进去，可公鸡却挥着翅膀猛烈扑腾着，似乎想挣破笼子。

女人意外受敌，面无血色，双脚不知是被鸡嘴啄了还是被鸡爪抓了，全是伤痕，白皙的小腿上流出鲜血。她的脸似乎也被抓破，左边鬓发处流着血，梳着银杏返 [1] 发髻的鬓发更是被挠得蓬乱不堪。

铺子的人没料到自家的鸡竟会如此蛮横地冲撞客人，个个脸色煞白。偏巧受害者还是位女性，

---

[1] 银杏返：日本江户幕府末期十几岁少女及伶俐乐人梳的一种发髻。明治以后，三十岁以上女人也开始梳此发髻。

心中的愧疚感不由翻了一番。老板娘一个劲道歉，扶着女人进了里面的房间。一位女侍来不及解下束袖带就跑了出去，似是要去叫附近的郎中。

庄太不免愣在了原地。半七也不发一语，默默地望着一片狼藉的院子。公鸡还在鸡笼里扑腾个不停，被人硬拖到了空地那边。

二

"那鸡怎么回事？"庄太出声道，"我知这世上有疯狗，倒没怎么见过疯鸡。"

半七沉吟着没有出声。过了一会儿，老板娘从里头出来，对着半七二人连连道歉。

"老板娘，"半七问，"这里的鸡莫非是得了什么病，才会时不时像刚才那样闹腾？"

"这事着实奇怪。"老板娘蹙眉道，"鸡伤人的事不能说没有，但在我们这儿的确是头一回发生。您也知道，我们做的是待人接客的买卖，这种事只要发生一次，以后决计不会再养鸡。为何那只鸡……会如此针对一个那么漂亮的女人……当真一点头绪也没有。不知它之后还会做出什么混账事，我正打算叫伙计绞死它呢。"

"你那鸡养了很久？"半七又问。

"是。我记得是去年五月前后买的。当时有个人在笼子里装了十来只鸡挑过来卖，我买了一公一母，但母鸡在夏末死了，便只剩下了公鸡。这公鸡与另外几只鸡相处得很好，平时从来不吵架，哪知它这次竟发了疯似的闹腾，偏偏还扑向女客，让她受了那样的伤……实在过意不去。"

"那卖鸡郎常来这附近吗？"

"偶尔会来。他好像是庄稼人，空闲时顺带卖鸡……"

"他叫什么？打哪儿来的？"

"名字……好像叫阿八，忘了叫八藏还是八助，听说是从矢口那边来的……"

"矢口……若是矢口渡，那保准就是六藏[1]了……"庄太笑道。

"别打诨。"半七乜了他一眼，"那个叫八藏还是八助的男人大约几岁？"

"感觉二十五六吧……不过他一年也只来一两

---

[1] 六藏：人形净琉璃、歌舞伎剧《神灵矢口渡》中，矢口渡守顿兵卫家男仆的名字。

次……”老板娘含糊其词道。

约莫是半七二人问得太多，让对方感到隐隐不安。既然如此，再问下去大概也问不出什么了。于是半七死了心，准备返回江户。

“我们就不进去和里面的人打招呼了，请你稍后代为问候吧。”

“明白了。”

两人付了钱，走出了铺子。

“头儿，你一直打听那只鸡的卖主，莫非注意到了什么事？”庄太边走边问。

“倒也没有……只是刚才那事让我忽然想到，那鸡和女人……会不会有什么纠葛……”

“唔……虽不敢说绝无可能……”庄太歪头思忖道，“可对方是只畜生啊？”

“因为是畜生，所以才会不分对象地上去扑腾……若这么说，似乎的确没什么可思量的。可谁能断定畜生就没有自己的想法呢？世上有救助主人的狗，也有撞死仇人的牛，因此我觉得，那鸡或许也与那女人有仇……”

"您这么说也有道理……不过看那女人的打扮……"庄太又沉吟道，"倒不像和鸡有牵扯……难道她是鸡铺的老板娘？"

"可能吧，反正看着不像个正经女人。我总觉得在哪儿见过她……今天没法子了，就先回去吧。你明后天再辛苦一趟，回来打听一下那女的之后如何了。当然，她受的也不是什么需要卧床静养的重伤，估计让郎中诊治包扎一通后就会乘轿回江户。她既受了人家的照顾，应该会说些自己家住本所啊浅草啊之类的身份信息，你把这些都调查清楚。怨恨和因缘也分许多来由。若是那女人以前曾虐待那公鸡，之后又把它卖了，没想到兜兜转转在这里碰上，公鸡因为旧怨而报仇，那这就是一出《猿蟹合战[1]》或《剪舌麻雀[2]》，没什么

---

[1] 猿蟹合战：是日本的民间传说。描写狡猾的猴子欺骗杀害螃蟹，被螃蟹的子孙报仇的传说。主题是"因果报应"。

[2] 剪舌麻雀：日本的一则童话故事，描写一对老夫妻以不同态度对待前来玩耍的麻雀，善待麻雀、诚实知足的老爷爷得到麻雀的重金报答，而因糨糊被偷吃，一气之下剪了麻雀舌头的虚伪贪婪的老奶奶则被蛇虫妖怪惊吓致死的故事。

好管的，但另一方面，这事里头或许也会有其他内情。总之你做好白忙一趟的心理准备，先查查看吧。"

"是。"

"还有，那老板娘刚才说要杀鸡，你到时看看，若那鸡还活着，你就让她晚几天再杀。"

这时节春日尚短，两人天黑之后才进入江户。半七在半道上与庄太辞别，独自回到三河町家中，随即挂着手巾出了门。

"虽然刚礼完佛就抱怨不好，可今天实在是冷。"

半七来到附近的澡堂，发现五刻（晚上八时）过后的夜场浴十分拥挤。半七钻过泡澡间入口遮挡视线的隔门，弄湿身子。这时，热气迷蒙的浴池中传来了男人们的说话声。

其中一人似乎今天也去了大师首祭，絮絮叨叨地不停念着天有多冷，融了雪的路有多难走，接着又说道：

"你也认识吧？斗鸡铺'鸟龟'的老板娘……

我今天遇着她了。"

"啊，就是那个阿六……"对方答，"她现在住哪儿？"

"似乎在品川那边……我们在川崎的新田屋吃完午饭，正准备往外走时，刚巧碰见她进来，于是就站着稍微聊了几句……看她没什么落魄的样子，应该过得不错。"

此话引起了半七的注意。虽然光线昏暗看不太清，但听那声音，说话的像是附近木屐铺的老板。半七去搓洗场时偷瞥了一眼，果然是木屐铺的善吉。

翌日，半七站在了木屐铺前。

"你也去大师首祭了吧？我们晚了一步，倒没碰上您……"

"头儿也去了？"善吉将铺里的火盆推到半七跟前说道，"昨天可真冷啊。"

"闲话我也不说了，有件事想和您打听一下。"半七在铺里坐下，"您昨晚提到了一家叫鸟龟的斗鸡铺，对吧？"

"您也听到了？"

"进泡澡间的时候听到了。那家斗鸡铺在哪儿？"

"以前在浅草的吾妻桥旁边，老板去世后就关了。老板娘搬去了品川那边，我有快一年没见着她，没想到昨天在川崎碰上了。"

"老板娘叫阿六？那老板叫……"

"叫安藏。您也知道，我喜欢钓鱼，跟鸟龟的老板是钓友，平素里交情很好，谁想到他竟遇到了那样的事，太可怜了……"

据善吉说，安藏去年春分时节出门钓鲫鱼，由于附近的钓鱼点基本已去过，他便去了距离柴又的帝释堂大约两町的下矢切渡口附近。这一带沿着利根川，风景也不错。安藏天蒙蒙亮就出了浅草家宅，走过吾妻桥。家里人知道他出门，但之后就没消息了。过了大约两天，安藏的尸体在下游被发现。从他一手握着钓竿的姿态来看，怕是不小心滑了脚，从草堤跌进河里了吧。他虽然喜欢钓鱼，却不会游泳。

鸟龟的老板娘阿六本在上野一带的茶馆做事，夫妻俩没有孩子。那时去斗鸡铺吃鸡肉火锅或斗鸡炖锅的都不是什么贵客，女人和孩子自然也不会去，所以单凭一个女人很难把铺子开下去，阿六便干脆关了门。她有亲戚住在品川的南番场一带，她便搬到那边，住在一栋小房子里。

"昨天遇到她时，听她说过得还好。"善吉说。

"安藏去钓鱼失足落水时，难道身边没有人吗？"

"很不巧，阿安当时是独自出门，因此大家并不清楚他究竟是怎么没的。渡口的船老大说没见过他那样的钓鱼人，约莫他去了没多久就失足落水了，或许真的是因为天色太暗没看清脚下吧。他才三十五六岁，真是太可怜了。老板娘也是个三十二三岁的俊俏女人，现在似乎还是一个人生活。"

善吉描述了一下昨日久违相逢的阿六的样貌和穿着，半七听罢，笃定她就是那个中年女人。她果真就是斗鸡铺的老板娘。可以想见，她关门歇业时应是把剩下的鸡都卖到了某处。

　　不过那公鸡究竟为何要袭击曾经的主人阿六？莫非是记恨她曾经虐待自己？抑或是恨她杀了母鸡？虽不知鸡的记性有多好，但真能过了近一年还不忘仇人的样貌和身形吗？半七又陷入了沉思。不过这里有一个疑点，那就是阿六丈夫横死事件。若将这件事与鸡结合在一起考虑，或许能解开什么谜团。

　　"哎，这大清早的，真是叨扰您了。"

　　半七离开了木屐铺。

三

第二天中午时分，庄太一露面就被半七取笑了一番：

"喂，庄太。我那时虽也迷迷糊糊的，可你也太马虎。那中年女人以前不就住在你的地盘浅草吗？还是你眼皮子底下的吾妻桥。"

"唉，无话可说。我当真忘得一干二净……"庄太挠着脑袋说，"我到家就想起来了。鸟龟，鸟龟……之前曾带头儿您去过一次。"

"嗯。那家的斗鸡吃起来简直像是在嚼竹皮屐的鞋皮。你昨天如何？去大森了吗？"

"去了。路还是那么难走……我去那家茶馆打听了一下，我们走后，郎中来帮她诊治，之后那女人就乘轿回去了。听轿夫说，他们将她送到了品川南番场海保寺的门前町……我回来途中前去看了一眼。那女人开了家牙行，主要为附近的妓院、拉客茶馆、饭馆等介绍女帮佣。据附近的邻居说，女人是去年三月前后搬来的，与一个二十五六岁的掌柜一起住。那所谓的掌柜应该是她的丈夫或情郎。我曾想去看看那掌柜长什么样，偏巧他不在，我也就没见着。还有，头儿，那鸡已经没救了，说是当天傍晚就已被绞杀了。"

"听说那鸟龟老板去矢切渡口附近钓鱼时溺水淹死了？"

"您知道得真清楚。"庄太惊讶地瞪大眼睛，"我今早也调查了一番，鸟龟老板安藏好像在去年春分时成土左卫门[1]了……头儿您说得对，此事查到这一步，确实有些古怪。但这毕竟是去年的事了，就算现在去矢切也查不出什么来，不如去矢口看看？大森那茶馆的老板娘含含糊糊不肯多说，我就套其他女侍的话，打听到了那个卖鸡郎的住

---

[1] 土左卫门：成瀬川土左卫门。江户时代的大相扑力士，因他肤色白皙，体态肥胖的模样很像溺水肿胀的尸体，人们便将溺死者称为"土左卫门"。

处。那家伙似乎是住在矢口新田神社附近的八藏。"

"去矢口调查死在矢切的人……都带个'矢'字，说不定这里头也有什么因缘。况且两地还都是渡口。"半七笑道，"那只能再辛苦你跑一趟矢口，查查那鸡是从哪儿买的。事到如今，稍微施展施展拳脚也不会徒劳无功了。"

"是的是的。此事应该能查出点什么来。不过今天去不成矢口了，明天吧。"

庄太怀揣着某种期待，雄赳赳气昂昂地回了家。第二天依旧寒风刺骨，半七心想庄太决计冷得受不了。果不出所料，掌灯时分，庄太浑身发抖地回来了。

"我去矢口找到了八藏家，那鸡果真是他在海保寺门前的牙行里买的，卖主一准是鸟龟的老板娘。"

八藏是农家之子，但家中兄弟众多，他在务农的同时还抽空走街串巷贩卖卖鸡家鸭。他拿麻绳编的网盖在大箩筐上，这么做成鸡笼，再用扁担把鸡笼挑到距矢口村落不远的池上、大森、品川一带，最后扯开嗓子沿街叫卖。去年五月前后，他去品川一带做买卖，经过南番场海保寺门前时，牙行里有人叫住他，要他买一对家鸡。八藏不仅卖鸡，同时也低买高卖从中赚取差价，于是就问那人卖价几何，对方说只要他肯把鸡带走，多少钱都可以。卖主是个三十二三岁身段婀娜的女人。

八藏说要先看看鸡，女人就让他绕到屋后，那里有一个空荡荡的小院子，两只鸡被倒扣在鸡笼里。女人不再出现，转出来个二十五六岁的男人，手里拿着根柴火棍。他粗暴地对八藏说，本想干脆把鸡打死，可老板娘叽叽咕咕的偏不肯，让八藏赶紧把鸡带走。八藏随便说个价买了鸡，怎料这两只鸡却突然暴起，怎么也不肯进八藏的鸡笼。一旁的男人过来帮忙，硬将鸡塞进笼内。他一直抓着柴火棍，似乎在警惕着什么。

八藏接着绕去大森，将两只鸡卖给了茶馆，但此时它们都收着翅膀老老实实，不再像之前那样发狂了。八藏将两只鸡左右手一倒腾，获利颇多，回家去了。听说那母鸡当时已有些衰弱，大概两个月后就死了。

"大约就是这样。"庄太将情报大致说了一遍，"根据八藏的话来看，那鸡应该在阿六家时就闹腾过，在大森时也是认出阿六才扑过去的。还有阿六身边那个所谓的掌柜，我今日见着了，是个身材矮小、样貌严肃的男人，脸虽瞧着没印象，但看着不像个普通商人。可若说他是花花公子，那打扮又太土气，总之像个曾在武家侍奉的仆人。"

"武士家仆？"半七颔首道，"斗鸡铺的主顾就是武士家仆之流，不能说两者之间毫无牵连。如此一来，黑子白子算是齐活了。喂，不如你试着排一排这盘围棋？"

"我是这么排的：鸟龟老板娘和主顾——也就是那个武士家仆——有首尾，便利用丈夫爱钓鱼这一点，唆使他天不亮就去下矢切钓鲫鱼。武士家仆则提前躲在芦苇丛或者柳树后，趁其不备将他推入水中……大概就是这样吧。两人留在当地生活会有麻烦，所以就关了浅草的铺子搬到品川，转行做牙行。那武士家仆明面上是掌柜，实际上早已与阿六有了夫妻之实，两人住在了一起。至于鸡……本该在关铺子时就全部卖掉，但他们出于某种原因，只留下了那一对公母鸡并带到了品川，却不想它们竟会莫名发狂。两人觉得心虚，也觉得恐惧，就打算杀掉或卖掉它们，最终转手给了八藏，后者则将它们倒卖去了大森的茶馆。如何，没错吧？”

"任谁都不会觉得有错。事情约莫就是这样。就算我是捕吏，碰到这等事依然感到无奈。"半七叹息道，"若事情果真如此，那这一男一女都是重罪，按律要游街之后绑上柱子刺死。都是白纸黑字的明文律令，依旧不断有人以身试法，真伤脑筋。话虽如此，事已至此也不能撒手不管。你与松吉分头去查。你负责浅草，仔细摸清鸟龟老板为人如何，老板娘做过什么事，将他们的过往都理顺。他们总该有亲族，铺上应该也有伙计。只要把这些查清楚了，事情就能大致厘清。品川那边就让阿松去查，让他查清楚那个男人的底细。"

"明白。那我就负责浅草一带。"

"你每日跑这么远，想必累得不行，但这是公差，没办法。今天早点回家陪陪老婆，睡前一起喝杯小酒吧。"

庄太接过半七给的零用钱，高高兴兴地回去了。

三天后，也就是正月二十七日午后，负责调查品川一带的小卒松吉向半七报告了一件事：

"铃森的刑场旁发现了一具尸体。"

"男的女的？"

"是个二十一二岁的年轻男子，肤色很白，打扮也不错，看着像个旗本宅子里的年轻武士。身上有四处被状似匕首的凶器捅出的伤口……脖子上缠着块手巾。看来凶手起先想勒死他，没能成功，这才改用刀刺。他身上的大小武士刀被人拿走，腰上没有佩刀，现场也未发现。据推测，凶手本打算抛尸入海，已经把尸体拖上了防波堤，许是恰好有人经过，歹人没来得及抛尸就逃了。死者身上什么都没有，因而没能找到任何能作为线索的东西。"

"尸体是今早发现的？"

"对。估计是昨晚行的凶。我在那里看差役们查完现场就急忙赶回来了。头儿，接下来怎么办？"

"铃森那边虽不归町奉行管，但终究会来找我的。尤其死者还是武士，还是先大致调查一番为好。"刚说完，半七似是忽然想起什么，又补充道，"还有，品川牙行那边，老板的底细摸清楚了吗？"

"听说那人曾在汤岛、池之端一带的武家做仆役，但到底是哪家暂时还未查清，毕竟那一带武家太多了……不过我会想办法的，您稍微再等等。"

"铃森那件杀人案，说不定和鸟龟一案有关。"

"为什么？"松吉不解地问。

"说不清，只是干这行这么多年，有时候心里自然会有感觉。或许就是预感吧，而且往往很准，奇妙得很。这回的几个案子，我总有那种感觉。"

"如果真是那样，事情可就严重了。总之我先调查一下铃森那边，或许能发现什么意外线索。"

四

翌日一早，八丁堀同心坂部治助传唤半七。半七立刻前往，发现是郡代说铃森一案由于横死者是江户市中某武士宅邸里的人，希望町奉行所代为调查他的身份。一旦知道凶手是谁，可以立刻捉拿归案。

"事情就是这样，你设法查清楚吧。"坂部说。

"遵命。我心里也有些想法，这就去查。"

如此一来，就不能把事情都交给手下人做了，半七直接去了品川。

上次大雪之后，天已接连十日放晴，路上的泥泞基本已被踩严实了，前阵子铺天盖地的寒风，到今日已经全然止息了，天气晴朗明媚，正是世人所说的"赏梅佳日"。半七缓缓走在高轮海边，擦肩而过的耕牛角上春光湛湛，就连茶馆女侍的揽客声都荡漾着春意。半七由北向南穿过品川，来到宿驿尽头。这里寺庙众多，寺内梅花应已盛开，树枝在头顶纵横交错，半空中处处回响着婉转的莺啼，惹得本来粗人一个的半七也不由得时时驻足。

半七要找的牙行就在海保寺门前町，入口挂着布帘，上头写着"武藏屋"铺号。半七向邻居一打听，说是武藏屋老板娘今年正值三十三岁厄运之年，去川崎参拜了大师首祭，结果回程路上被失控的马匹踢伤，坐轿回来之后就发了热，至今卧床不起。阿六似乎隐瞒了自己被鸡袭击的事实，谎称自己是被马踢伤。她不敢提这件事定有缘由。如此，半七的疑虑越来越深。他下定决心，掀开武藏屋的帘子走进去，看见店头坐着一个貌似牙侩的四十来岁女人。

"打扰了。"半七寒暄道，"老板娘可在？"

"老板娘在二楼歇着呢。"女人颔首答道，"她大约七天前受了伤。"

"那掌柜……

"掌柜……您是指勇叔吗？"

"对对，就是勇叔。"

"勇叔这两天不在。"

"他去哪儿了？"

"这我也不知，许是去阿金那儿了。"

"那阿金家在哪儿？"

"他家……听说过了鲛洲到外郭，右边的田里有两栋老房子。一栋是空房，旁边那家就是阿金家。"

"多谢。还请老板娘多多保重……"

半七出了牙行，又在附近打探了一番，得知出入武藏屋的"阿金"叫金造，是品川宿驿的混混，经常与妓院的皮条客一起小赌一把。能与这样的人交友，可想而知那"勇叔"是个什么样的人。

"总之去鲛洲看看吧。"

半七朝滨川方向走去，沿东海道走了一段，在泪桥[1]边碰见了松吉。

---

[1] 泪桥：通往江户各大刑场的桥，是犯人与送行亲友的最后分别之地。过了此桥，亲友均须止步，犯人独自奔赴刑场，双方往往在此落泪，故而称为"泪桥"。此处的泪桥应为通往位于品川的铃森刑场的泪桥。

"哟，您来啦？"松吉凑过来悄声说，"其实我打听到了些事。品川宿入口有个轿行，听那里的人说，前天晚上曾有个年轻武士找他们问牙行武藏屋在哪儿……那武士的年龄样貌酷似铃森的死尸。头儿猜的果然没错，铃森一案跟鸟龟那帮人肯定脱不了干系。与阿六住在一起的家伙叫勇二，他究竟是武藏屋的掌柜还是老板我不知道，但他和当地地痞似乎有来往，谁知道他能做出什么事。"

"听说那勇二有两三天没回来了？"

"好像自二十六日晚上就没回家。"

"据说他去找鲛洲一个叫金造的家伙了，我正打算过去呢。"

"鲛洲的金造……那家伙我也认识，其实昨天就在品川遇见过。当时他在生药铺买东西。"

"金造为人怎样？"

"不是个好东西。"

半七停下脚步思忖了一番后说：

"喂，阿松。辛苦你回品川一趟，帮我查查金造在那生药铺里买了什么。若买的是风寒药葛根汤之类倒罢了，只怕买的是伤药。"

"是。我马上去查。"

"我也不能一直杵在大道上，就去那边的丸子茶摊歇着。"

半七在桥边的茶摊刚休息了一阵子，就见松吉急急忙忙跑回来了。

"头儿，您猜得没错，金造正是买了金创药，说是什么能治一切刀斧伤的膏药……"

半七推测，勇二正躲在金造家里养伤。看来他在铃森杀害武士时，自己也挂了彩。可若回自家养伤就有败露之虞，因此才托金造去买药。半七决定亲自去金造家看看情况，若有可疑之处就立刻将人逮捕。他悄声与松吉说了自己的打算，松吉同意，跟在了半七后面。

自街道右拐，眼前出现许多农田，田间有水沟，里面有个小孩似乎正在抓小鲫鱼。两人过去一问，立刻知道了金造家的位置。正如武藏屋的女人所说，农田中并排挨着两幢农舍，稻草屋顶，外围一圈徒有形状的矮篱。房屋残破，屋檐腐烂，梁柱歪斜，甚至分辨不出哪幢住了人。半七两人悄悄靠近矮篱，打量了一番两栋屋舍。正在这时，左边屋子里忽然传出"哇"的一声男人惨叫。

两人惊讶地对望一眼，忽见残破不堪的纸拉门被轰地踢倒，一个男人跟跄滚了出来。他捂着左腹，浑身是血地在院子里的空地上滚了两遭，接着立刻爬起来往外逃，一把撞断腐烂的竹篱笆。他弓着身子跑到外面，很快体力不支地往前栽倒了下去，腰部以下全都泡在了不断流出的鲜血里。

"喂，是金造吗！"松吉大叫道，"喂，怎么了？怎么了？"

金造依旧倒在地上，发不出声音。此时半七已撞倒篱笆冲进屋内，只见破烂的草垫上也沾满了触目惊心的血渍，一个形如幽灵的年轻女子正呆滞地跌坐在昏暗的屋中。与其说坐着，她更像衣冠不整地半倚在地上，手里握着一把匕首。从穿着打扮来看，她分明是个颇有地位的武家夫人。半七见状不免有些迟疑。

"敢问您是何人？"

女人不语。

"那个男人是您杀的吗？"

女人依旧不语，过一会儿好似终于回神，猛地举起匕首突然朝自己的喉咙刺去。半七眼疾手快，扑过去按住她的手，但为时已晚，女人苍白的脖颈已流出了鲜红的血液。

五

半七老人说到这里，又狡黠地露出那副"故事讲完了"的表情。

"那女人是谁？"我追问道。

"那女人是汤岛的化物稻荷[1]……这么说现在的人也不懂。现在的天神町一丁目当时是松平采女正[2]的府邸，它对面的街角有座化物稻荷神社。为什么叫'化物'我不知道，江户时代就已经这么叫了，江户地图上也有，所以不是我说谎。

---

[1] 化物稻荷：原址大致位于江户神田明神与不忍池两处正中间的位置，今东京都文京区汤岛中坂下至三组坂下一带。化物：日语中妖物、怪物的意思。

[2] 采女正：采女司长官。采女为日本朝廷中天皇、皇后的近侍，负责其用餐等日常庶务。此处的松平采女正应为伊予国今治藩第八代藩主松平定之，官位从五位下采女正、若狭守。

204

这稻荷神社附近住着一个年俸六百石的旗本塚田弥之助，那女人就是他的妻子千惠夫人。"

"如此身份的人为什么会去鲛洲的金造家？"

"这里头是有原因的。那个塚田弥之助当年是个二十二岁的年轻人，正月底就要调到甲府[1]当差。他平时只顾吃喝玩乐，所以才被'山流'，左迁到甲府任职。于是他变卖宅邸家当，凑了大概一百两金子，准备二十八日离开江户。这时，妻子千惠夫人说要去参拜汤岛天神以作留念，于是在二十五日午后出门，途中甩掉了婢女，就此下落不明。这妻子不着调，丈夫也不靠谱，他竟也舍不得江户，大白天跑去吉原玩乐。主人不在家，主母又离家出走，整个宅邸都乱了套，没了主意。千惠夫人十六岁那年秋天嫁入宅邸，此时已是嫁

---

[1] 甲府：前文有介绍过，为今山梨县甲府市。公元1724 年废甲府藩后成为幕府直辖领地，由江户派任 200 名武士值勤，负责守卫甲府。幕府多以前往甲府轮值为由剥夺要职，将甲府作为行为不端或遭受贬谪的幕臣的安置之所，因此调任甲府亦被称为"山流"，意为"流放山野"。

作人妇的第四年，年十九，夫妇之间没有孩子。大概因为丈夫没正行，天天在外头流连吧，千惠夫人不知何时竟和家中随从安达文次郎有了私情。两人打算趁左迁甲府的机会偷出那一百两金子，一起私奔。这时有个人突然出现在了两人面前，就是品川武藏屋的那个勇二……"

"勇二和塚田家有什么渊源吗？"

"勇二直至前一年春天都是塚田家的仆人。或许他当时就已隐约察觉到夫人和文次郎的关系，但据本人招供，他是正月初在下谷街上碰到了文次郎，后者将他带进附近一家小饭馆，跟他商量了盗财私奔的事。不管怎样，总之心怀鬼胎的勇二立刻答应帮他，说可以先让夫人藏在鲛洲的金造家。到了约定的二十五日午后，他偷偷藏在汤岛天神附近，把千惠夫人藏进轿子送到了鲛洲。由于一次失踪两人容易被人发现端倪，文次郎就佯作不知，煞有介事地跟着其他人吵闹，直到翌日也就是二十六日的傍晚，才借口找寻夫人，怀揣着那一百两金子逃出了宅邸。他逃往品川，却不认识勇二家，于是就去宿驿入口的轿行问路。待他找到牙行武藏屋后，等候在那的勇二就带他出去了。

"文次郎说自己还未用晚饭，勇二便带他去附近的饭馆。两人吃菜喝酒，勇二把文次郎灌醉之后说要带他去鲛洲的金造家。当时已逾五刻（晚上八时），天已全黑。文次郎不熟悉这一带，就默默跟着勇二走，不知不觉跟着他穿过鲛洲来到了铃森的大直道上。勇二说草履上的带子断了，把提灯放在路旁，磨磨蹭蹭地一时绑不好鞋带，文次郎就走过来查看情况，不料勇二突然用手巾缠住文次郎的脖子打算勒死他，没得逞，便又拔出事先藏好的匕首胡乱捅了一番。可对方到底是个武士，倒下时拔出佩刀挥砍。刀刃划过了勇二右腿膝盖，勇二随即倒地。文次郎也倒地，并就此毙命。勇二则爬起来抢走他怀里的金子，又卷走他身上的所有东西，大小佩刀自不必说，就连烟盒、手纸之类都没落下。接着，勇二拖着文次郎的尸体来到防波堤上打算抛尸入海，结果正好有人路过，吓得勇二慌忙吹灭灯笼匆匆逃离。

"等他逃到鲛洲附近，这才注意到自己的右膝正在流血，伤口疼痛。勇二瘸着脚跌进金造家，洗净伤口包扎完毕，当晚暂且一股脑儿睡下。不料到了第二天早晨，伤口竟愈发疼痛难忍。文次郎的刀刃只是浅浅划过，伤口并不深，可疼起来才知道有多要命。勇二托金造买来伤药，偷偷疗养，结果第二天午后，我们就闯进去了。勇二想逃却逃不了，只能乖乖束手就擒。"

"金造为什么会被杀？"

"金造被杀纯属自作孽不可活……勇二打的坏主意可谓一重接一重。他打算先将千惠夫人送入金造家，翌日晚上把文次郎骗至铃森杀害，掳走他身上的一百两金子，再将夫人卖到东海道沿路宿驿的妓院里去。二十五日晚上大家相安无事，可到了二十六日晚上，千惠夫人见相约私奔的文次郎仍未现身，开始担心了。见勇二独自归来还偷偷疗伤，千惠夫人渐渐起疑，开始质问勇二。若让千惠夫人知晓文次郎已死，那就坏事了，若让她逃了更不得了。于是，勇二和金造一合计，忽然原形毕露，用粗草绳捆住夫人手足，并用手巾堵住她的嘴，将她关在了隔壁空屋里。不，若只做到这一步还不至于招来杀身之祸，可没想到金造竟在二十七日晚上潜入隔壁空屋，拿匕首威胁千惠夫人，说反正她要被卖去妓院，不如让他先受用一番。这用今天的话说就是监禁施暴，往昔常常有这样的歹人。

"勇二说自己虽然知道此事，可腿脚不便，因此没能救下夫人，可谁知道这厮若腿脚利索会做出什么样的事？金造尝到了甜头，第二日午后又跑到隔壁拿匕首威胁，而千惠夫人似是死心了，跟金造说自己什么都肯应，只求他把绳子解开。金造也是天真，闻言竟真的解开了绳子。绳子甫一松开，千惠夫人立刻抢过金造的匕首，照着他的侧腹就捅了过去……金造那厮，'哇'一声惨叫着逃了出去，可要害被刺，一刀就开天了，只能说是自食恶果。夫人跟着也打算自裁，好在我及时按住，伤口不深。不，若早知如此，我当时就不该阻止，直接让她去了更好，可当时不知情，慌忙上去按住了她。"

"那个叫阿六的女人也被捕了？"

"很快就被捕了。她被那只公鸡啄伤抓伤的几个地方都化了脓，整个人高烧不退，照今天的说法，应是感染了什么要命的细菌吧，总之她好不容易才能爬着走，我们只能雇轿将她抬走。这一头的情况你应该已大致猜到。勇二在塚田家当差时曾去浅草的鸟龟吃斗鸡和肉鸡，和老板娘阿六有了关系。之后两人打算除掉碍事的安藏。勇二知道安藏要去钓鱼，便抢先埋伏在暗处，趁安藏不备将他推下了河……一切进行得很顺利，阿六关了鸡铺，勇二则辞去了武家的差事，两人一起搬到品川开起了牙行。如此平安无事地过了小一年，怎料旧罪新罪一齐事发，自然回天乏术。

"再说那鸡。据阿六供述，那一对鸡是丈夫安藏死前五六天从千住的零匡行进的货。当初关铺子时只剩这一对鸡没杀，两人就将其带去了品川，在家中养了一段，发现这鸡日渐古怪，一见到阿六二人就想扑过去。两人又气又惧，便转手卖给了八藏。原本将鸡杀了或许就没事了，可吃它们的肉觉得心里发怵，直接丢弃又觉可惜，所以就半卖半送脱了手。谁承想兜兜转转地，这一人一鸡竟又在大森的茶馆里相遇，上演了那一出大戏。阿六说她也觉得那鸡眼熟，见它朝自己飞扑过来时也吃了一惊。不过，安藏死前五六日买的鸡为何会替旧主人报仇？为何它会知道阿六和勇二之间世人所不知的秘密？难道它只是隐隐觉得阿六和勇二可憎？抑或有其他的缘由？谁也不知道鸡的想法，只能各自猜测。但阿六曾惊恐地说，恐怕是丈夫的魂魄附在了鸡身上。不仅阿六如此，往昔的人都爱讲这一套，可事实究竟如何却不得而知。要说奇怪吧，此事也确实奇怪。

"至于塚田家，主母离家出走，家臣逃之夭夭，甚至连一百两金子的盘缠都丢了，自然无法出发前往甲府。家主一筹莫展，下人们也茫然无措，好在町奉行所传来消息，说钱两平安找回来了，这才松了一口气。文次郎已经被杀，回天乏术，可死里逃生的夫人该如何处置却让众人犯了难，最后好像一纸休书让她回娘家去了。

"阿六和勇二之前说过，两人都因伤口恶化，未及结案便发起高烧死在了狱中。他们的尸体泡了盐水后被吊在日本桥上示众三日，接着拖到千住[1]受了磔刑钉在柱子上。"

---

[1] 千住：此处指位于千住的江户三大刑场之一小塚原刑场。

05

妖狐传说

一

说完《大森鸡》的故事后，半七老人意犹未尽。今夜他似乎特别有兴致，接着又开口道：

"方才说的大森鸡一案是在铃森闹出了人命……同一个地方，还发生了另一件事。你顺便听我讲讲吧。想必你也听说过，江户时代，铃森是著名的刑场，整日上演着磔刑、枭首等十八般酷刑。江户的恶徒不是常会说什么'老子死也不要死在草垫上，而要架在三尺木柱之上，眺望安房上总 [1] 而死'之类的话吗？这些人说得倒是豪情万丈。在铃森受刑的人数不胜数，其中就有著名

---

[1] 安房上总：安房国和上总国。均为日本古代令制国，其领域大约为现千叶县南部和中部。

的丸桥忠弥[1]、八百屋阿七[2]、平井权八[3]。这几位都是戏里的熟面孔。

"当时的东海道是从品川开始,到滨川、鲛洲为止。从鲛洲到八幡神社[4]那一带都是农村和渔村,之后直至大森都没有人家,另一面又是大海,一眼便能望见安房、上总,故而当时将通往刑场的这一段路称为铃森绳手[5]。走过这条长直道,经

---

[1] 丸桥忠弥:江户时代前期浪人,在由井正雪之乱亦即庆安之变中企图覆灭江户幕府。

[2] 八百屋阿七:江户时代一名蔬菜商的女儿,因想见爱慕之人而故意纵火,败露后被处以火刑。她的故事被改编为众多文学、歌舞伎作品。

[3] 平井权八:江户时代前期武士,因幡国鸟取藩藩士,18岁时杀害父亲同僚,逃往江户,与新吉原三浦屋的妓女小紫交往,后因穷困而持刀当街杀人夺财,杀害130余人,藏匿于目黑不动泷泉寺附近的普化宗东昌寺,修习尺八化身虚无僧,以此回归故乡鸟取,发现父母身亡,遂自首,于公元1679年于品川铃森刑场受刑。其事迹被改编为话本、净琉璃、歌舞伎、电影等各类文艺作品,并在作品中以"白井权八"闻名。

[4] 八幡神社:位于今东京都品川区东大井一丁目。

[5] 绳手:在日语中意为又长又直的道路。

过刑场，便到了大森入口，故而白天尚还好说，晚上这里实在毛骨悚然。虽然戏里幡随院长兵卫[1]在此地遇见权八，说那段'江户闻名的花川户'[2]时，观众都会高兴喝彩，可真正的铃森绝不是什么好地方。

"毕竟是刑场，这里流传着各种吓人的传闻，什么日落之后会有强盗打劫，路过刑场时示众的首级会笑之类。可这条路是东海道的主干道，不管乐不乐意都得走。现在可以乘火车通过，也不知那里变成了什么样，往昔在铃森绳手大约中间的位置有一棵古松，也不知谁起的头，大家都叫它'八百屋阿七瞪视松'。据说阿七去铃森受火刑前，骑马示众经过这里时瞪了这棵松树。虽不知她为何瞪视，总之因为这个，那松树就叫'瞪视

[1] 幡随院长兵卫：本名塚本伊太郎，江户时代前期町人，被认为是日本侠客的鼻祖，住在江户花川户，因与幡随院的僧侣有渊源而自称"幡随院"。死后葬在源空寺。

[2] 浅草花川户町，幡随院长兵卫的长居地，今东京都台东区花川户一带。此为歌舞伎剧《浮世柄比翼稻妻》第二幕"铃森"中长兵卫向权八自我介绍时的一句台词。

松'了。

"容我再啰唆一遍，那一带是刑场，又长着这么一棵有来历的松树，因此这棵松树附近总是不太平，很容易成为抢劫、杀人、上吊的舞台。

"我在讲故事的时候，开场白总是很长，真是对不住，但我觉得，若不先将这些事交代清楚，现在的人或许会难以理解……好，前言就说到这里，咱们进入正题吧。"

安政六年（1859）春季至夏季，有传闻说铃森绳手有恶狐出没，还有人煞有介事地说是停泊在品川的异国黑船放出来的。不管怎样，据说那妖狐捣了许多乱，诓骗过往行人。原本这一带就不太平，这回又多了个不祥的传闻，惹得过路人胆战心惊。

四月二十八日夜里五刻（晚上八时）过后，一个叫巳之助的二十二岁小伙经过这个危险之地。芝田町有家小食铺叫小伊势。巳之助是那里的长子，当夜去大森拜访亲戚，事发时他正走在回家的路上。这阵子骚乱不断，亲戚劝他住一晚再走，但巳之助年轻气盛，又喝了点小酒，便断然拒绝亲戚的挽留，踏上了归途。

今晚虽无月，但星光很亮。巳之助提着灯笼踏上铃森绳手，走到半路，无意间一瞥，感觉瞪视松旁仿佛有个朦胧人影。他吃惊之余举起灯笼一看，发现是个脸上蒙着白巾的女子。都这个时辰了，这女子还在这种地方游荡，莫不是传闻里说的那只妖狐？他愈发凑近，想看清女子的面貌，谁知女子竟快步向他走来。

"呀，这不是巳之哥吗？"

"哎？谁？是谁？"

"果然是巳之哥。是我呀。"

女子说着取下了蒙脸的白巾，巳之助借着提灯的灯光下看清了那张白皙的脸庞，惊道：

"咦，阿糸？你怎么一个人站在这儿？"

"唉，劳烦你让我一道走吧，我边走边和你说……"

女子是巳之助经常光顾的妓女，品川若狭屋

的阿糸。卖身的风尘女子溜出店子，这个时辰在这种地方徘徊，里头定有什么隐情。巳之助与阿糸一道前行，问道：

"私奔？对方是谁？"

"我真傻，竟上了那种人的当……"阿糸气恼地说，"巳之哥，抱歉，还请原谅。"

巳之助与阿糸感情不差，结果阿糸却瞒着自己与其他男人私奔，因而不管女子怎么道歉，男子还是觉得气恼。

"你不必道歉。既然你有私定终身的男人，与我这样的人一道走，恐怕也很为难吧。你就在这儿继续等那人吧。我先走了。"

巳之助抛下女子，大步往前走。阿糸追上来，扯住男子衣袖。

"我这不是给你赔罪了嘛。巳之哥，你听我解释……"

"我不管，不管！我才不会一直上你这狐精的当！"

口中说出狐精二字后，巳之助忽然意识到，

这女子兴许真是狐狸，是恶狐幻化作阿糸来诓骗自己。这可不能大意。巳之助立刻警觉。

"我说，巳之哥，你要我怎么赔罪都行，可否先听我说完缘由？巳之哥……"

女子边说边凑上来，巳之助望着那张渐渐放大的脸，兴许是眼花，竟瞧着对方忽然成了没鼻子没眼的白板脸，不由惊叫一声，猛地丢了提灯，昏了心一样，用两手掐住了女子的脖子。

"你做什么？啊，杀人啦……"

女子想要推开他。巳之助将她按住，用力掐她喉咙。最终，女子无力地倒下了。

"这鬼东西，小瞧我了吧？活该！再怎么说，哥哥我也是江户仔，怎可能被狐狸、貉子之流蒙骗！"

因烛火在被抛出时熄灭，提灯安然无恙。巳之助借着海水的反光捡起灯笼，他想再次点燃提灯，但试了几次也不见一点火星。于是他只好拿着灯笼，准备径自离开。可没想到，他才走出不远，便猝然顿住脚步，接着闷声倒了下去。

这儿虽荒凉，但毕竟是东海道，平日里天黑之后也会有不知妖狐传闻的旅人经过这里，但不巧今晚一个人也没有。巳之助醒来已是两个时辰之后，他的前额肿起了一块，原来他是正面遭袭后晕倒了。他好不容易爬起身，在黑暗中四下摸索一阵，提灯就落在近旁。巳之助探手入怀，发现钱夹还在。

"阿系呢？"

他借着星光和水面反光仔细端详四周，却不见女子的踪迹。是殴打自己的人将她带走了，还是她自己消失了？巳之助无从判断。首先，殴打自己的人是谁？若是盗贼，应该会掳走自己怀中的财物，可他的随身物品无一短缺。难道那阿系当真是妖狐所变，是它的同伴打晕了自己为它复仇？思及此，巳之助顿时吓得浑身起了鸡皮疙瘩。他喜欢嘴上逞能，其实胆子并不大，此时恐惧占了上风，慌忙逃离现场。

巳之助穿过铃森绳手，从鲛洲来到滨川一带后再度头昏眼花，无法继续前行。附近有家名为丸子的同行食铺，他便在深夜敲门投靠，恳请他们收留自己一晚。昨晚那一击似乎挨得不轻，直至天亮，巳之助的头还疼得不行，此外还发起了高烧，卧床不起。

丸子铺中人担心地请来大夫，并遣人去芝地通知了巳之助家。巳之助烧得迷迷糊糊，梦呓般喊道：

"妖狐来了……妖狐来了！"

不知详情的当地人也有些发怵，觉得定是他半夜经过铃森时被近来风传的妖狐附身了。小伊势也觉得不能给同行添麻烦，便派来一顶轿子接走了病人巳之助。可他回家之后，依旧迷糊地喊着"妖狐"。这种情况下，原本应该先去品川确认阿糸是否安然在店中接客，但由于巳之助始终没有说出此事，小伊势的人也就没能察觉。

五六日后，巳之助渐渐退烧，已能够喝粥了。他这才说出当夜发生之事。双亲赶忙询问品川的若狭屋，得知阿糸平安地在店里做事，压根儿没有私奔。

"这么看来，果然是妖狐？"

如此，铃森怪闻便又多了一件。

二

巳之助一事过去约十日后，京都的纺织品商人逢坂屋传兵卫带着两名伙计和仆役经过铃森。原本，他们当晚应该宿在川崎，第二天上午再入江户。可江户已近在眼前，一行人觉得不必再宿一晚，走快些便能在四刻（晚上十时）过后进入江户，于是不辞辛劳地摸黑赶路。由于不知妖狐传闻，加之又是三个大男人，他们满不在乎地来到铃森绳手。今晚有云层遮蔽星月，夜色阴暗，海浪声比平时更显阴森。

传兵卫今年四十一岁，以前曾两度从京都来到江户，故而熟知旅途情况，也知道铃森一带荒凉冷清。几人一边聊着铃森刑场，一边往前走，然后在黑暗中看见了一棵大松树。毕竟是外地人，饶是见多识广的传兵卫也不知这就是瞪视松，他们见那边有棵高大的松树，便漫不经心地拿提灯一照，谁知吓了三人一跳：他们发现那儿有个怪物。

"哇，天狗……"

三人并未折回来路，而是往前路奔去。原来三人看见了一只赤面高鼻的大天狗。那天狗瞪着道路，时不时就口吐火焰。他们出身京都，自小便听闻鞍马 [1]、爱宕 [2] 的天狗传说，因而对它的恐惧更上一层。所谓吓得魂不附体说的就是眼下的情形，三人如字面所说连滚带爬地往前逃窜，跑得上气不接下气，结果传兵卫被石头绊倒，撞

---

[1] 鞍马：位于今京都府京都市左京区的山峰，以灵山闻名，是密宗山岳修验之地。山腹建有鞍马寺。传闻鞍马山深处的僧正谷里栖息着大天狗，别名鞍马山僧正仿，通称鞍马天狗，是日本八天狗之一。传说牛若丸——平安时代武将源义经——的剑术便是鞍马天狗所授。

[2] 爱宕：日本全国各地均有爱宕山，以京都和东京的爱宕山最为有名。多数与爱宕神社相关联，京都的爱宕神社为全国爱宕神社的总本社。传说栖息于京都爱宕山的爱宕太郎坊大天狗是日本八天狗之首，统领全国天狗。

到侧腹，就此晕倒。伙计和仆役愈发惊恐，将昏迷不醒的主人扛在肩上，好不容易逃到鲛洲町内。

眼下这般，根本顾不上进入江户。两人将主人扛进客栈照料，所幸传兵卫醒了过来。客栈的人听完三人的话，说道：

"那一带不可能有天狗，想必是那妖狐化作天狗，吓唬你们几个。"

三人逞强说，若早知是妖狐，他们三个大男人定会当场打倒妖狐，使它现出原形。可事到如今，说什么都是马后炮，只不过平添一则怪闻而已。那妖狐先变成女子，又化作天狗，往后还会变作什么模样？胆小者愈发担惊受怕。

铃森妖狐异闻传遍江户大街小巷。五月中旬，半七来到八丁堀同心熊谷八十八的宅邸。熊谷笑道：

"喂，半七，你听说了吗？铃森出现妖狐啦。"

"听说是这样。"

"想不想去领教领教它的骗术？若说是被品川

的白狐[1]骗了，我倒能理解。可说是铃森的白狐，我就不明白了。"

"那一带有农田，也有森林和山丘，有狐狸、貉子栖息也不稀奇，但至今未听说过它们出来作乱。"半七歪头思索道，"总之，我先去会会？"

"反正郡代那边迟早会来知会，提前了解一下也好。传言说，那妖狐会变成各种各样的东西，往后兴许还会化作忠信[2]或葛叶[3]呢。惊扰世人可不好。若是在偏僻的乡下，随意它是狐狸化人形还是貉子鼓腹自乐，可在东海道入口传出这等风声可不妥当，还是早些猎了那狐为好。"

"遵命。"

熊谷自然不相信这妖鬼传闻，认为是有人在

---

[1] 白狐：时人对妓女的蔑称。

[2] 歌舞伎剧《义经千本樱》第四段"狐忠信"中，幼狐因怀念变成初音鼓皮的父母，幻化成佐藤忠信的样子保护拿着初音鼓的源义经侧室静御前，最后现出真身解救义经于危难之中。

[3] 葛叶：传说中的母狐，稻荷大明神的第一神使，被认为是著名阴阳师安倍晴明的母亲。

捣鬼。半七的想法与他大抵一致，但又觉得，这若只是一般恶作剧，未免做得太过细致。

半七回到三河町家中，立刻叫来小卒松吉。

"喂，阿松。你和庄太一起帮我解决大森鸡和铃森杀人案已是七八年前的事了吧？"

"是。应该是嘉永那时候的事了。"松吉回答。

半七翻了翻自己的备忘簿：

"原来如此，你记性真不错，是嘉永四年春天的事。那铃森又出了点事要你帮忙……"

"是妖狐吧？"松吉笑道，"我也一直觉得古怪呢。"

"就是妖狐。既然熊谷老爷吩咐了，咱们也没法继续坐视不管了，必须设法让那妖狐现出原形。你们可有什么线索？"

"眼下虽没什么头绪，但即刻去打听一下吧。"

松吉接下差事离开，至第二天傍晚又露面，事无巨细地将自己在铃森那边打听到的消息汇报给了半七。

"此事源头似乎在三月初，渔师町[1]的一个年轻男人醉酒经过铃森时，在黑暗中遇见个怪女人。这小子也不安好心，借着酒劲想要上前调戏那女子，谁知黑暗里忽然哗啦啦飞来几个红色的火球，落在男子脸和四肢上，吓得男子哇哇大叫，慌不择路地逃了。这事便是谣言的开端，之后便传出各种各样的怪闻。"

田町食铺小伊势家的儿子巳之助被人打晕，京都逢坂屋传兵卫一行人遭天狗惊吓，其他还有滨川的渔夫被夺了鱼，大森茶馆的女子被剪了头发，还有人遭诓骗被拉进田里，有人撞见幽灵而陷入昏迷，有人脸被抓伤……松吉一口气说了十

---

[1] 渔师町：江户时代，深川靠近永代桥东侧的八个町总称为"深川渔师町"，亦单独写作"渔师町"。由于日文中"渔师"与"猎师"读音一致，亦有写为"猎师町"的情况，为今东京都江东区佐贺、永代、福住、门前仲町、清澄一带。但品川海边，即今东京都品川区东品川一丁目一带在江户时代也有"猎师町"。目前尚不能确定文中渔师町指的究竟是哪处，但品川距离铃森较近，译者认为这里的"渔师町"指品川"猎师町"的可能性更大。

来桩事后才歇了口气。

"若仔细追查下去，兴许还能发现别的，但大抵都是类似的事件，里头或许还有杜撰的鬼话，我估摸着大差不差，就回来了。其中最棘手的当属小伊势家的儿子那事，毕竟那个叫阿糸的女人没有私奔，眼下还全须全尾地在若狭屋接客呢，您说有趣不有趣？"

"嗯……"半七沉吟道，"想必那男的认错人了。"

"可当时那女子跟巳之助说话了呀？说了话，还一起走……"

"就算这样也是认错人了。那女子应该不是若狭屋的阿糸。"

"是吗？"松吉似乎不太信服。

"不管怎样，总归不会是妖狐。不过，打了巳之助的到底是谁？"半七又思忖道，"还有，你说吓唬京都那些人的是天狗？总不会是戴了面具吧？"

"再怎么胆小那也是三个大男人，而且个个

都提着灯笼，若是有人戴了面具，他们应该能发现吧……"

"理是这个理，但世间不合常理之事数不胜数。算了，我也出去走一趟吧。你明早跟我一起去。"

第二天正是梅雨期间罕有的大晴天，江户湛蓝的天空万里无云。早晨六刻半（早上七时）前后，松吉过来找半七，两人一道出了门。

"去铃森前，要不要先去一趟小伊势？"松吉问。

"那个遭妖狐诓骗的小子往后再审，眼下直接去滨川吧。"

两人经过品川，来到滨川，找到了丸子小食铺，便是小伊势的巳之助当夜投宿的那家。半七过来详细询问了当晚的情况，接着又说要去铃森转一圈。二人出了丸子，时值五月中旬，正午的日头晒得很。

"东海道起风时不会扬沙，这倒是好，只是风一停就热得不行。"半七眯眼望着天空说。

两人沿着海边来到铃森绳手，在瞪视松前停

下。这日海面风平浪静、波光粼粼。不远处的半空中，数十只身形纤细的白色水鸟成群结队，轻盈地掠过黑沉沉的海面。

"是这儿吧？"半七擦着额头上的汗，四下张望道。

松吉也环视四周。两人又蹲下吸烟。不一会儿，半七"砰"地一敲烟管，谁知烟草火球竟掉落下来，滚到松树后头去了。半七追过去，打算拾起来再吸一管，却在草丛里发现了一样东西。半七将之捡起，仔细一瞧，忽然展颜一笑。

"早该有人发现的，这儿的人也太马虎了，难怪会被妖狐诓骗。喂，阿松。你看这个！"

"这是什么？好像是烟草……"松吉探看道。

"不是好像，这就是烟草。这是洋人的卷烟吸剩下的烟头。我听说天狗一事时，也想到过这个……喂，阿松。你再看那边。"

他用烟管指着品川海面，那里从上个月起便停着一艘美国船和一艘英国船，远望如同一只巨大的鲸鱼。松吉心领神会，卷烟的主人就是那两艘船上的船员。

"原来如此，头儿您说的是。这么说，是那些洋人上岸捣鬼来了？"

"兴许是如此。"

"虽不知是谁起的头，但品川黑船放出妖狐的流言看来不假。"松吉望着海面说，"臭洋鬼子，净知道捣鬼！可既然是洋人干的好事，我们也没法贸然出手，有些难办哪。"

"就算是洋人，也不可能一直耐着性子捣这样的鬼。这里头应当有蹊跷。"

半七手心里放着卷烟头，又思忖半晌。

三

半七和松吉暂且离开铃森，回到滨川的丸子食铺。铺里的人正等着他们回来，一见便将他们领上二楼，接着端上两人提前订好的酒菜。

"阿松，小伊势的儿子巳之助在松树下遇见阿糸时，那女子究竟是什么打扮？该不会像戏里出奔的妓女那样，身穿居家的衣裳，脚踏夹层草履，手巾蒙在头顶，两臂下垂……"

"不知。"松吉搁下酒杯说，"这个只能去问当事人巳之助才知道了。可是头儿，他当真认错人了？"

"事实胜于雄辩，那个叫阿糸的女子不是还全须全尾地在若狭屋做事吗？"

"话虽如此……"

此时恰好有女侍登上二楼，半七便让她斟酒，同时问道：

"停在品川的那两艘黑船上的船员可曾上岸来这里？"

"有的。不时会有两三人一道来这一带闲逛。"

"会来你们这儿喝酒吗？"

"他们不来这里，但好像时常去鲛洲的坂井屋。川崎屋不接待洋人，但坂井屋不讲究这些，会让他们进去喝酒。据说洋人都很有钱，也不知从哪儿换的日本银钱，总是哗啦啦掏出一堆二分金一分银的，所以他们的生意好得不得了。"女侍似眼红又似嘲笑地说。

"毕竟贪财是人的本性呀。这世道，洋人也好船员也好，只要有钱，就先敲他一笔再说。"

"兴许真是如此。"女侍也笑了。

"那坂井屋中可有一位叫阿糸的女子？"半七忽然问道。

"阿糸……有的。"

"如今已不在了？"

"对，上月底忽然不见了……听说与人私奔到别处去了……"

半七与松吉对视一眼。

"坂井屋可会让洋人留宿？"半七又问。

"不让，坂井屋不兼营客栈……而且听说洋人归船的时辰掐得很死，一到时间大家都会早早回去……再怎么烂醉如泥的人都会毫不犹豫地赶回去，简直叫人佩服。"

"他们出手那么阔绰……可有女人跟洋人有私情？"

"这我就不清楚了。他们就算出手再大方，和洋人……"女人又笑了，"没有人会做的。"

"最多给他们摸摸手。"松吉也笑道，"若能得个一分两分赏钱，便是桩不错的买卖。"

"呵呵呵……"

女侍起身去换酒瓶。松吉望着她离开的背影，悄声道：

"头儿，您眼光真准。这巳之助还真是把人给认错了。"

"大抵是了。看来那阿糸是和黑船船员有染，两人逃走了。"

"竟然能将她和自己光顾的妓女搞混，看来巳之助是个马大哈。"

"男的是马大哈，女的也没好到哪儿去。且慢，这里头应当有隐情。"

女侍再度来到二楼，半七又问道：

"我说姑娘，私奔的阿系可有情郎？"

"不太清楚，似乎与附近的伊之公子……"

"伊之公子……伊之助？"

"是。是门窗铺的儿子……外头有风声说她和那伊之公子有私情，可伊之公子如今仍在自家铺子做事，并未和她一块逃走。"

"阿系老家在哪儿？"

"不知。"

不知她是真不知晓还是知而不言，总之女侍不肯再透露一句，半七只好就此打住。调查进行到这一步，半七认为事发当晚情况变得好玩起来了，不仅坂井屋的阿系被路过的巳之助误认为若狭屋的阿系，小伊势的巳之助也被守在瞪视松旁的阿糸误认为门窗铺的伊之助，当事人还将"伊之"错听成了"巳之"[1]。虽然双方都很粗心，但最初是因光线昏暗认错了人，谁知双方名字也一样，这才错上加错。女子五官消失这点，想必是巳之助的错觉。

京都商人在瞪视松见到的天狗，一定就是黑船船员。天狗口中喷的火想必是卷烟的火光。这么一想，半七和松吉都暗觉好笑。

两人喝得差不多后便歇了杯，正吃着有些迟的午饭时，一对商人夫妇打扮的男女带着一个年轻男子上了二楼。这里的二楼是一间大厅，只在各处立着小屏风，因而能看见来客的样貌，也能清楚地听见说话声。三人向女侍点了菜品，边抽烟边聊天。

"真是吓了一跳。正因有这种事才不可掉以轻心。"夫妻中的妇人说。

---

[1] 这两个名字在日文中，"巳"读音为"mi"，"伊"读音"yi"，故而可能听错。

"确实让人惊骇。那事实在可怕。"夫妻中的丈夫说。

"藤公子你还年轻，可万万要小心哪。"妇人又说。

之后听了一阵三人的对话，才明白芝地某钱铺里好像出了事。半七递了个眼色，松吉便隔着屏风搭话道：

"冒昧问一句，可是芝地发生什么事了？"

"是啊。"年轻男子回答，"我们倒没牵扯进去，只是路过时看见了。那家伙当真坏得很。"

"坏家伙……究竟怎么回事？"松吉问道。

"是这样的，"男子稍微移开屏风，转身面对他道，"芝田町有家叫三岛的钱铺。有名二十出头的年轻男子过来，拿出一两小判，要换小粒金[1]和散银。店家正算账呢，这时又来一名女子，一把抓住男子说：'你这畜生，又偷拿家里的钱做什么？让父母兄弟伤心也得有个限度！既然你那么

---

[1] 小粒金：江户时代的小金币，一分金。

爱玩，那就自食其力去挣，别拿父母兄弟一文钱！快把钱还来！'那女子拽倒男子，拿走他手中的小判，迅速离开了。见此情形，钱铺的人也好，路人也好，都以为是那老一套：不务正业的儿子偷拿家中钱财，家中老母或姨母追出来将钱抢了回去。于是众人都只在一旁瞧着，结果那男子总也不起来。众人心下奇怪，过去扶起男子，才发现他已晕了。众人哗然，七手八脚地照顾了他一番，男子这才醒转。众人仔细一打听，竟得知他根本不认识那名抓着他谩骂的女子，是那女子故意那样说，抢了他的一两金子逃了。原来那女子装出叱骂浪荡子的模样，叫人放松警惕，竟在这光天化日之下，大摇大摆地在街旁铺子里抢钱！明明是个女人，竟这般胆大包天，您说是不是？"

"确实过分。"松吉点头赞同道，"不过，既然对方是个女子，那男子为何乖乖把金子给她？"

"这就又奇了。据说那女子拽倒男人时，似乎重重掐了一下颈部脉门，导致男子痛得无法张口说话，加上侧腹要害受击，他便就此晕过去了。

又听说女子动作十分迅速，围观者无一察觉，故而大伙都猜那女子不是等闲之辈。"

"是吗？看来若碰上那个女子，多数男人都不是她对手。"

松吉似有些刻意地皱起眉头。

"因为这场骚动，钱铺门前可谓人山人海……"妇人插嘴道，"后来那钱铺又想起一事，说是十来日前的傍晚时分，曾有个女子来兑换外国钱币。铺子说，那天来的好像就是今天那名女子，只是上回来时天色已有些昏暗，没有看清她的面容。"

半七与松吉对视一眼，彼此眼中都闪过一道光。

四

出了丸子食铺，半七与松吉告别。

"那就交给你了。"半七小声说道，"你现在立刻去坂井屋，调查那个叫阿系的女子。还有门窗铺的那个伊之助也交给你了。我得去一趟芝地钱铺，查一查那个女的。她手上竟有外国钱币，这让我有些在意。"

半七将鲛洲这边的调查全交给松吉，自己则从品川径直返回芝地，一路打听，来到田町的三岛钱铺一问，发现事情与自己在食铺里听到的如出一辙。被抢了一两金子的年轻男子也是芝地人，是神明前[1]话本铺的浪荡儿子，在警备所遭受一番

---

[1] 神明前：芝大神官亦即饭仓神明官的门前町，今东京都港区芝大门一丁目一带。

审讯后，他坦白自己偷拿了家里的钱。如此一来，那女子说的倒也不全是假的。差役们说，他遭此一劫大约也是老天替父母教训他，狠狠收拾了他一顿才放他回去。

半七闻言，心里觉得好笑又可怜。

"还有，听说曾有个女人拿着外国钱币来铺里兑换，可是真的？"

"十来天前的傍晚来的，但我们铺上不兑外国钱，拒绝了她。"

"与今天来的是同一个？"

"我也不太清楚……上回那女子来时是傍晚，被拒绝后马上就走了，我没看清脸。今天那女子三十七八岁，肤色浅黑，眼神锐利，我觉得有些相似，但没有确凿证据，所以话不敢说太满。"

"虽觉得她应当不会再来同一家店，但万一来了，务必立刻通知警备所。"

半七吩咐完钱铺的人，又去了爱宕下的薮汤澡堂。这澡堂是老板娘在经营，老板熊藏是半七的小卒。以前介绍过，熊藏诨名"澡堂熊"，还有诨号"吹牛熊"。半七去找澡堂熊时，他正好在店，将半七迎上二楼。

"眼下正好没客人。"

熊藏将二楼女侍赶到楼下，两人相对而坐。

"头儿，您有什么事？"

"阿此这阵子在做什么？"

"阿此……那个有刺青的？"

"对，盘踞在片门前 [1] 的那个。"

"明明是个女人，却穿起草鞋，从甲府游荡到郡内 [2]，接着又流窜到相州厚木 [3]，去年秋季前后又回江户来了。"

"你竟知道得这么清楚？不会又在吹牛吧？"

"不，绝对没问题。我好歹也是干这行的，这种前科犯的动向我自然清楚。那婆娘又犯事了？"

"我觉得是阿此干的。其实今天上午，田町钱铺出了件恶事。"

---

[1] 片门前：今东京都港区芝大门二丁目一带。

[2] 郡内：今山梨县都留郡一带。

[3] 厚木：今神奈川县厚木市。

听完三岛屋一事原委，熊藏瞪圆了眼道：

"没错了，肯定是她，是她！阿此那厮，往昔也用过这一招。听说她这阵子在鲛洲茶馆出入，原来又跑到田町来了？竟跑到我的地盘撒野，可不能饶了她。头儿，我不是要抢阿松的功劳，但这事还请交给我。我保证把它解决。"

"阿此在鲛洲茶馆？"半七稍加思考，"是不是叫坂井屋？"

"这我倒没查那么清楚……不碍事，这点小事马上就能查出来。"

"没什么抢先不抢先的，阿松已经去鲛洲了。"

"那可不行。他一个弄不好，反倒搞得我的事难做。失陪了，我得马上出门。"

性急的熊藏匆匆换好衣服出门。熊藏媳妇端来茶水。半七与她闲聊几句后，也跟着出了门。如今只能先等松吉和熊藏的报告再行动，他便绕去八丁堀，再度拜访熊谷八十八的宅邸。熊谷已经从奉行所回来了。

"你辛苦了。如何，可有眉目了？"熊谷迫不及待地问半七。

"虽还不足以汇报，但已有些头绪。"

熊谷边听今天的追查结果边点头，听到三岛屋一事后，愈发认真地侧耳倾听。

"这么说，三岛屋也碰见有人拿外国钱币兑换了？不瞒你说，半七，奉行所今天也接到了报案。"

前天和昨天，日本桥两家、京桥一家大钱庄碰到有人拿外国钱币前去兑换，金额总共十二三两，但后来一查，发现其中三分之二都是伪币。来者先亮出真币，使钱庄放松警惕，之后再混入伪币兑换。使用伪币是要判磔刑的重罪，追查极其严厉。几家钱庄都说兑换者是个三十七八岁的女子，肯定与三岛屋那女子是同一人。熊谷说，如此一来，追查妖狐已是其次，当务之急是追查使用伪币之人。

"那女人说自己是受黑船上的洋人之托来兑换钱币。"熊谷补充道，"那么，是洋人使用伪币，女子在不知情的情况下帮他兑换，还是女子本身使用伪币？本来我也无法清楚判断，但从她在三岛屋行抢的情况看，这女的本性极恶，一定是知法犯法。我已忘了阿此这个前科犯长什么样，你若有线索，赶紧把她抓来。"

"遵命。"

半七领了差事离开。事情愈发复杂，半七认为，这么多事件其实出自同源。只消找到源头，这接二连三的事件都能迎刃而解。因此，他专心等待熊藏和松吉的报告。

第二天早晨，熊藏率先来访，松吉随即赶到。综合二人报告，前科犯阿此回到江户后，住在滨川的咸脆饼铺二楼。她提着梳妆品的箱子，出入品川各家妓院做生意，也会走街串巷去滨川和鲛洲的茶馆，做茶馆女侍的生意。铺上忙碌时，也会找她去给女侍帮忙。因此，她一个女人独自生活倒也不缺钱，穿着打扮也干净清爽。

"阿此说，她时而会进江户，去日本桥的零趸铺置办做买卖用的梳妆品。"熊藏说。

"而且她说她昨天早晨刚进过江户，所以三岛屋那事肯定是她做的了。"

"接下来是坂井屋阿糸的事。"松吉接过话头说，"听说阿糸自上个月二十八日傍晚起便不知去了哪里。我审问了门窗铺的儿子伊之助。这小子，身为匠人却没什么骨气，哆哆嗦嗦的什么也说不清楚。我吓唬了他一顿，这才让他招供。他的确与阿糸有私情，而且这厮自觉他情郎当得不错，哪知阿糸竟瞒着伊之助逃了，让他这位好情郎颜面尽失……哎，太可笑了。虽不知阿糸的相好是谁，但大家都猜她兴许遭黑船船员诓骗，被拉进船里去了。小伊势的巳之助把阿糸错认作妖狐，掐她脖子时，从黑暗中出来打晕巳之助的兴许就是那个船员。查到这里，我也没了线索，无可奈何了……头儿，接下来该怎么办？"

"既然阿此会去鲛洲的茶馆帮忙，那她应该也出入坂井屋吧？"半七问熊藏。

"岂止出入！由于大量黑船洋人在坂井屋挥金如土，阿此便将生意扔在一边，这阵子每天都窝在那儿呢。"熊藏回答。

"这么说，她和阿糸应该很熟。"半七问，"阿糸私奔会不会和阿此有关？”

"有可能。总之先把阿此抓来？”

"熊谷老爷也有吩咐。原本抓一个女人不必出动太多人，可万一不慎被她逃了，我们少不了招老爷的白眼。我也一起去吧。”

所幸今日也放晴，三人一同离开了神田半七家。

五

　　三人走进品川宿场，在大街上遇见一个三十来岁的男子，一眼便知他是妓院的皮条客。他跟熊藏打招呼道：

　　"今儿也要出门？"

　　"嗯。今天跟头儿一道。"熊藏说。

　　一听是头儿，男子立刻端正姿态，恭敬地向半七致意。据熊藏介绍，男子在不二屋做事，名为权七，便是他透露了阿此住在滨川一事。半七也点头致意。

　　"听说你透露了个顶有用的消息。往后还要请你多关照。"

　　"哪里哪里……"权七再度躬身谦虚道，"阿此刚刚路过，大约是往江户去了。"

　　"是吗？"

半七有些失望。阿此今日兴许又去江户干活了。话虽如此，又不能就此徒劳而返，三人便告别权七，去了滨川。

"阿此不在就头疼了。"熊藏边走边说。

"算了，我有其他打算。"半七回答，"门窗铺的伊之助在哪儿？你带路吧。"

"是。"

松吉领头而去，不久便在丸子食铺不远处看见一家小门窗铺。听松吉说，老爷子和助似乎中了风，有气无力的，铺里的活都是儿子伊之助和一个学徒在打点。当然，那铺子也不大，顶多在别家建造租赁屋舍时提供些门窗罢了。三人在外头往里张望，只见伊之助正和学徒一起刨削廉价格子门。松吉招呼道：

"喂，伊之，头儿找你问话，是三河町的半七头儿。你赶紧出来！"

"是，是。"伊之助踩着满地刨屑出来。他昨天刚受了松吉一通恫吓，如今见捕吏头儿亲自出马，似乎愈发恐慌了。

"这里不好说话，你跟我来一趟。"

半七让松吉和熊藏候在铺上，自己带着伊之助走了。四五家铺子外有条狭窄的横巷。进去右拐便是农田，路边立着一块庚申石塔[1]。旁边有一棵高大的枫树似为其遮风挡雨，形成恰到好处的树荫。半七在此驻足。

"我也不绕弯子，你当真完全不知坂井屋阿糸的去向？"

"不知。"伊之助垂头说道。

"她与来坂井屋的洋人可有私情？"

"来坂井屋的洋人很多，但不知是否与阿糸有

---

[1] 庚申石塔：基于庚申信仰，每逢庚申日举行庚申法会，连续三年举行十八次后设立的纪念石碑。庚申信仰是基于中国道教文化的一种日本民间信仰。道教认为，人有三尸虫驻于上、中、下三丹田，每于庚申日夜晚，人体熟睡时向天帝呈奏人的过恶。故而众人每逢庚申日彻夜不眠，举行庚申法会祭祀天帝、猿田彦或青面金刚，以避免三尸虫禀告宿主近期恶端。因"申"在十二地支中对应猴，庚申塔上多刻有"不见、不言、不闻"三猿。又因佛教中庚申本尊为青面金刚，神道教为猿田彦神，也有在庚申塔上雕刻青面金刚或猿田彦神的。

252

私情。"

"你不是被洋人抢了女人吗？"

伊之助不吭声。

"你认识来坂井屋帮忙的阿此吧？"

"认识。"

半七没有听漏伊之助声音里的那一丝颤抖。

"那女的也认识洋人吧？"

"这我不知。"

"阿此与阿系交情好吗？"

"不知。"

"是不是阿此约阿系出去的？"

"应该不会吧……"

"喂，伊之，抬起头来。"

"啊？"

"站到亮堂的地方去正脸对着我。我给你瞧瞧面相……"

伊之助依旧低着头，没有立刻抬脸。半七伸手强行扳起他的下巴。

"哼，别瞒了。你和阿此有首尾吧？阿此不仅年纪比你大，她还有刺青！让那种女人瞧上，绝对讨不了好。阿此约出阿系后，是把她卖了还是杀了？老实说！"

伊之助一个劲缩着身子，哑了一般不吭声。

"快说！你若老实交代，我为你向上头求情。阿此因使用伪币被捕，已经全都招了。你若不知她落网，还妄图帮她隐瞒，那你也逃不了干系！难道你想被当成使用伪币的同伙，在铃森被绑上刑柱刺死？别只知道跟女人讲情谊，而让生病的阿父伤心流泪！你这不孝子！"

伊之助脸色煞白，眼里流出两行泪水。

"如何？说不说？"半七追问道，"不只阿此的招供，我——了悟四相的重忠[1]——也已经参透

---

[1] 化用近松门左卫门所作的净琉璃义太夫节《出世景清》。该曲描绘平家灭亡后，遗臣恶七兵卫景清（藤原景清）的故事。其中有一句唱词"景清了悟二相，然，重忠了悟四相"。四相，指佛家有为法之四相：生、住、异、灭。四相显示诸法生灭变迁，世间万物皆缘起至缘灭的流转，了悟四相即意为看透世间生灭无常。重忠，即畠山重忠，日本平安时代末期至镰仓时代初期武将，镰仓幕府重臣。

了你的面相！你听着！你早与坂井屋的阿系有染，结果半路杀出一个阿此，你又被她缠上了。阿此年纪比你大，且本性恶劣，企图耍些坏手段让碍眼的阿系远离你。一定是这样！"

半七抓着伊之助的手臂，推了一把。伊之助险些跌倒。半七沉默着瞪了伊之助半晌。

这时，一名女子自巷口奔来。熊藏和松吉紧追其后。半七立刻察觉那女子便是阿此，迅速挡住她去路。腹背受敌的阿此从腰带中掏出剃刀拼命挥舞，但很快剃刀就被打落。阿此妄图逃入麦田，被半七抓住腰带一把拽了回来。熊藏和松吉也追上来按住了她。

"在这儿没法办事，把她带到品川去。"半七率先迈开脚步。

两个小卒则押着这一男一女往前走。阿此满脸是汗，伊之助则满脸是泪。

"若是唱戏，这会儿该'啪'一声敲响梆子，落下帷幕喽。"半七老人道，"阿此这女人嘴硬得很，让我们费了好大劲。但伊之助是个软骨头，我们便先撬开他的嘴，步步深入，逐渐揪出了那老狐的尾巴。"

"老狐……妖狐骚动全是阿此干的好事？"我问。

"没错，先说阿此的事吧。此人家住芝地片门前，年轻时曾在明神前一家射箭场当女侍，也做过外室，但她本就品行不端，偷鸡摸狗、顺手牵羊的勾当干了不少，明明是个女人却因犯法而有了刺青。她在甲州、相州到处走，最后又回到江户，如前所说提着梳妆品箱子沿街叫卖，去附近茶馆帮忙，到底是平安无事地讨生活，但她并非能就此安分过活的女人。阿此今年三十八岁，原本找个门当户对的丈夫正正经经过日子多好，结果不知何时与附近门窗铺的儿子伊之助苟合……伊之助才二十一，两人几乎能当母子，偏生阿此这样的女人就是喜欢玩弄年轻男子。然而伊之助又与坂井屋的阿丝有牵扯。阿丝年轻，长相也标致，阿此内心琢磨着要让她远离伊之助，自己独占男人。正在她找寻时机时，外国军舰来了品川，一艘英国船，一艘美国船，都下了锚。

"幕府已决定开港，因此不必担心发生战争。军舰上的水手上岸后到处观光。但他们不能擅自进入江户市中，便以高轮大木门为界，只在品川、鲛洲、大森一带游览。也有人去品川的妓院逛逛，但当时的妓院都不接待洋人。食铺也大多拒绝外宾。不过鲛洲的坂井屋却不管这些，兀自向洋人开放，让他们喝酒吃饭，故而虽然铺子在外名声不好，生意却很兴隆。对方是船员，又是千里迢迢来到日本，出手非常大方。坂井屋做这些洋人的买卖，肯定赚了不少。招待他们的女侍们也赚了不少。

"虽然坂井屋坚决否认，但女侍中似乎也有与船员发生关系的。比如阿系就和一个叫乔治的男子有了首尾。这两人是由来帮忙的阿此搭的线，最初自然一个为财一个为色，但后来也不知怎么回事，阿系和乔治竟渐渐难舍难分。阿此巧妙地怂恿双方，给阿系吹风说乔治家很有钱，阿系便逐渐动了真格。当时不知外界情形，很多人以为外国人都很有钱，也难怪阿糸会一根筋信了阿此。

"然而乔治是军舰船员，不能擅自登陆，可最终还是因为思念阿糸而上岸。我也不太清楚当时的情况，恐怕是私自离舰逃走了吧。因此，在舰船离开品川前，他都必须躲藏起来。阿此从中牵线，让乔治先躲在大森乡下一个叫九兵卫的农户家中。

"好了，事情到此还算正常，之后便有些戏剧化了，跟以前说过的《'直呼啦'怪闻》类似。根据阿此供述，三月初某晚，她有事经过铃森绳手，恰好迎面遇上了两个貌似渔夫的年轻人。两人喝得微醺，调戏了阿此，还扯她的袖子。阿此烦不胜烦，气恼之下便打算吓唬吓唬他们。她从袖兜里掏出西洋火柴，迅速擦燃两三根丢出去。两人见有火团向自己飞来，吓了一跳，慌忙逃走。那火柴是黑船的客人给的，阿此便放在了袖兜里。现在想想，实在是骗小孩的玩意，但在不知火柴为何物的时代，见到火球迎面飞来自然要吓破胆。"

"原来如此，的确与'直呼啦'怪闻如出一辙。"

"探案故事中鲜有真正的妖鬼奇闻，归根结底都是'直呼啦式'的。"老人笑道，"之后，这件事迅速传开，就变成了盛传的铃森绳手有妖狐出没的谣传。也有人说那妖狐是黑船上的洋人放出来的。事实上，前一年，也就是安政五年霍乱大流行时，就曾有传闻说洋人放出了妖狐。于是众人便传，这次的妖狐也是品川黑船放出的。阿此听说这谣传，觉得可笑不已。大多罪犯都喜欢捣乱，阿此也觉得扰乱世间十分有趣，之后便时不时来一出火柴恶作剧。听说有时还往皮鞋刷上抹鞋油，在黑暗中往路过的人脸上擦。哪朝哪代都一样，这种谣言一经传出，便会有人添油加醋到处乱传，将妖狐怪闻发酵成大问题。事实上，据阿此自己交代，她只做了七八次恶作剧而已。"

我在一旁听着，心里也跟被妖狐诓骗了似的。

六

话虽如此，我还是有不明白的地方。

"小伊势食铺的儿子遇到的是真正的阿糸，还是那只所谓的'妖狐'？"我搓着脸问。

"哈哈，那事啊，根本用不着在眉毛上涂唾液 [1]。他遇上的根本不是狐狸，就是真正的阿糸。"老人又笑道，"不过，这事说奇怪也确实奇怪。以前的人们总爱把这种事传得非常邪乎，但以现在的眼光看，大约是什么心理作用吧。四月二十八日傍晚，阿糸在坂井屋门前听见有人呼唤自己，好像是乔治的声音，便信步朝声音传来的方向走去，半醒半梦间来到铃森，正在瞪视松附近徘徊

---

[1] 日本传说将唾液涂在眉毛上可以避免被狐、貉欺瞒，后世便以"眉头唾液"表示提高警惕、不可轻信之意。

时，恰好小伊势的巳之助经过，于是才有那种误会……

"坂井屋的阿糸与若狭屋的阿糸不仅名字一样，连年纪和穿着打扮都很相似，巳之助这才在昏暗的天色下将她认成了若狭屋的阿糸。阿糸也将巳之助误认作门窗铺的伊之助。巳之助有些醉意，听见对方喊'伊之哥'，便错以为她喊的是'巳之哥'。没发现自己认错人的阿糸之所以跟巳之助道歉，大约是因为那个乔治吧。阿糸五官消失应该是巳之助的错觉，大约是他心里隐隐怀疑对方是妖狐，这才迷了眼。"

"那殴打巳之助的是谁？"

"是乔治。因为刚才说的原因，他白天无法出来活动，便在天黑之后出来散步，当晚正好来到瞠视松，便打晕巳之助救了阿糸。之后，他将阿糸带到自己的藏身地照顾，阿糸就醒了。接着两人不知商讨了些什么，阿糸没回坂井屋，决定与乔治藏在一处。

"藏匿乔治的农户九兵卫其实本性不坏，就是很贪财，也因此被阿此笼络，窝藏乔治，这才惹祸上身。阿糸与乔治藏在一处正中阿此下怀，她经由九兵卫得知此事后，非常高兴，认为如此一来，阿糸便彻底与伊之助分手，自己也能独占他了。但她不肯就此罢休，而是时常去两人藏身之所，以各种名头向乔治要钱，算是勒索。

"但乔治也没带多少日本钱币，给她的都是外国通货。据阿此供述，她自己也辨不清外国钱币真假，因此只是将从乔治那里得到的钱币拿去钱铺兑换，丝毫没想过使用伪币。她也不知道乔治为什么有伪币，恐怕是中途停靠邻国时收了伪币，自己也没察觉。正因如此，阿此使用伪币的证据不足，但她招了自己在三岛钱铺抢夺话本铺儿子的一两小判之事。她本就是前科犯，罪加一等，听说被判流放孤岛。"

"乔治和阿糸之后怎么样了？"

"这又是另外一个故事了。阿此招供之后，我们便得知了两人藏身之处，但因乔治是外国人，不可贸然动手。于是町奉行所通告外国奉行所，外交官员又通知外国公使，手续极其烦琐。如此这般折腾了小半个月后，有两个浪人打扮的武士突然闯进九兵卫家中，也不知从哪儿听来的，说这家窝藏洋人，让九兵卫交出来。九兵卫看他们像时兴的攘夷人士，便坚称不知情，说自己没有窝藏洋人。几番问答之下，九兵卫和他儿子九十郎遭了刀砍。九十郎只受了轻伤，但九兵卫死了。乔治掏出手枪连射好几发，惊险逃脱，之后便隐匿了行踪不知去向。之后听说他在羽田[1]一带委托渔船将他送回了品川海面他原本服役的船内。刀砍九兵卫父子的浪人不知是谁。

"阿糸未曾涉案，被放回坂井屋。门窗铺的伊之助当初被我们恫吓，听闻阿此使用伪币时吓得脸色苍白，但之后还是平安获释。据熊藏说，阿糸和伊之助旧情复燃，最终结为夫妇。妖狐的真面目大致就是如此，你被骗了吗？哈哈哈……"

老人又笑了。往昔大家都说，不是狐骗人，

---

[1] 羽田：今东京都大田区羽田。

而是人骗人，此话着实不假，看来我也被半七老人骗了。临别时，老人说：

"放心吧。山王下[1]没有妖狐……"

回想起来，这已经是三十多年前的事了。我如今在此再度诓骗读者诸君，绝非想发泄当时受骗上当的愤懑。

---

[1] 山王下：指日吉山王大权现社，如今的日枝神社山下一带，即半七老人当时所居住的赤坂附近。

06

咔嚓咔嚓山事件

一

明治二十六年（1893）十一月中旬傍晚，我照例去拜访半七老人。老人说自己去了歌舞伎剧院看了戏。

"木挽町热闹得紧。你应该也知道，独幕剧从光秀的'马盥'演到'爱宕山'[1]。团十郎演光秀时总是省略不愉快的场面[2]，演得热血沸腾。演到'爱宕'终场时，他踏碎小案，裸穿锁子甲，扛着长刀大亮相时，满座观客都不禁'哇'地低呼一

---

[1] 讨论的是歌舞伎剧《时今也桔梗旗扬》，以本能寺之变为题材，通称《马盥光秀》，鹤屋南北四世作，全五幕。"马盥"是第二幕，"爱宕山连歌"是第三幕。

[2] 市川团十郎九世不演光秀屡遭主君春永刁难并被铁扇打伤眉间的序幕"飨应"，只演"马盥"和"爱宕山"两幕。

声。尤其像我这样旧世代的人，见了那场景，全身都得激动得直打哆嗦，忍不住大喊'成田屋[1]'，哈哈哈……"

"看来很叫座。"

"若演成那样还不叫座，就不知该怎样才能叫座。这次的光秀你一定得去看看。"

老人爱看戏也不是一天两天了。他之所以不讨厌我这个年轻人，原因之一似乎就是我也爱看戏，能与他聊几句。因此每次与老人相对而坐，我都做好了与他聊聊戏剧的准备。这次我也加入进去，说了一些歌舞伎剧场的见闻后，老人又说了这样的事：

"这次木挽町有讷升[2]出演。他是助高屋高

---

[1] 成田屋：市川团十郎的屋号。

[2] 讷升：歌舞伎剧大家称号，屋号纪伊国屋。这里应是泽村讷升三世，本名泽村富藏，泽村讷升二世的养子。擅演女角，6岁以泽村源平之名登台，17岁继承泽村讷升称号。

助 [1] 之子，以前叫源平，如今从大阪回来，饰演光秀的妹妹和矢口渡的阿舟。三四年不见，一下就有了大人样，将矢口的阿舟演得那叫一个惟妙惟肖。说到矢口，《神灵矢口渡》[2] 那出戏里的故事自然是假的，但矢口渡的船夫受足利势力之托，凿穿渡船底，导致新田义兴 [3] 主从几人沉河的事应当是真的。"

---

[1] 助高屋高助：泽村讷升二世。其于明治十二年（1879）袭助高屋高助称号。

[2]《神灵矢口渡》：净琉璃义太夫节，福内鬼外作，共五幕，以《太平记》所载的新田义兴在武藏国矢口渡愤慨而死为始，描述其遗族事迹。其中第四幕"顿兵卫住家"最为有名，描写了矢口渡一带广为流传的新田明神的缘起故事，通称"矢口渡"。

[3] 新田义兴：日本南北朝时期武将，新田义贞次子。公元 1337 年响应奥州北畠显家在上野举兵，其后在吉野谒见后醍醐天皇，协助天皇对抗幕府。公元 1358 年，足利尊氏死后约半年，义兴趁机举兵攻向幕府，受到足利势力抵抗，最后在多摩川矢口渡遭遇足利势力暗杀，主从 13 人遇难。

"那应该是真的，《太平记》[1] 里也有记载……"

"就像童话《咔嚓咔嚓山》[2] 里那只貉子乘坐的泥船一样。说起来，往昔曾发生过一桩类似矢口渡沉船的事件……恐怕凶徒就是从《太平记》或戏里想到的点子。"

"类似矢口渡沉船的事件……与您也有关？"

"有关。"

如此，戏剧就成了次要的，我掏出袖兜里放着的记事本。你若说我狡猾，我确实狡猾，但我

---

[1]《太平记》：日本古典文学名著之一，被认为是日本历史文学中篇幅最长的作品。作者不详。全书共40卷，以南北朝时代为舞台，从后醍醐天皇即位开始，描写了镰仓幕府灭亡、建武新政及其失败后的南北朝分裂、观应之乱，直至室町幕府第二代将军足利义诠死亡，细川赖之就任幕府管领为止约50年间的军记物语。

[2]《咔嚓咔嚓山》：日本童话。一只貉子到田里捣乱，被农夫老爷爷抓回家。貉子诓骗老奶奶，将其杀了煮汤，骗老爷爷喝下后逃走。老爷爷与平素疼爱的兔子商议。兔子约貉子上山砍柴，半路用打火石点燃貉子背上的柴火，又用辣椒做的药膏涂抹貉子的伤口，最后将它骗上泥船出海，使其溺死，为老奶奶报仇。流行的版本中对其中血腥暴力的内容作了改动。

无论如何也要抓紧此类机会，套出老人肚子里那些陈年旧话。老人对此似乎也心知肚明。

"哈哈，又把'生死簿'翻出来啦？就因为这样，我在你面前才不能掉以轻心。"

老人笑着开始讲述。

"你就当是文久元年（1861）正月底吧。其实那年二月二十八日才改元'文久'，若说起来，正月还是万延二年……当时，京桥筑地本愿寺[1]旁边有一户旗本家宅，旗本为浅井因幡守，是年俸三千石的寄合组[2]，算是个显赫人物。浅井家在深川砂村[3]另有宅邸，算是别庄，以主人为首的家族成员时常过去游玩。正月底，我记得是二十六七日左右。这年一开初便雨水不断，到了二十二三

---

[1] 筑地本愿寺：位于今东京都中央区筑地三丁目的净土真宗本愿寺派寺院，本尊阿弥陀如来，创立者为准如。东京都内代表的寺院之一，京都市西本愿寺别院，俗称"筑地本愿寺"。

[2] 寄合组：江户时代石高三千石以上无官职者的称呼，归若年寄统领，寄合肝煎监督。

[3] 深川砂村：今东京都江东区南砂一带。

日，天色一改往日的阴沉，忽而放晴，接连都是暖阳高挂的赏梅佳日。浅井家主因幡守便带着妾室阿早和女儿阿春去了砂村别庄赏梅。因幡守当年四十一岁，阿早二十四，阿春十五……我先说明，这位阿春小姐不是妾室阿早生的，而是嫡妻阿兰所出。阿兰夫人容貌普通，但她生下的阿春却如京都人偶一般可爱，听说性子也温顺娴静。

"于是，主人因幡守、阿早、阿春三人，外加三名婢女、四名武士随从、四名仆役随行出发。因船太小，武士和仆役绕行陆路，三位主子和三名婢女则乘船前往。船是筑地南小田原町[1]三河屋租船行的篷船，船夫名千太。一行人平安抵达砂村，赏了一日梅后，晚七刻（下午四时）左右离开别庄，乘坐原来的船回府途中发生了意外。"

"矢口渡事件？"

"对，对，矢口渡事件，也可以说是咔嚓咔

---

[1] 筑地南小田原町：今东京都中央区筑地六、七丁目的一部分。

嚓山事件。"老人点头道,"我当时不在现场,没法讲得让人身临其境。他们归途与来时一样,随行男子徒步走陆路,三位主子和婢女则乘船回去。船夫千太撑船,顺着小名木川往前划。你知道,深川河道众多,当时都是沿着小名木川经过高桥、万年桥,一路进入大川。这河口位于新大桥和永代桥之间,再往下游去便是大川尽头,汇入大海了。篷船划到大川中央时,不知怎么的,船底竟然进水了。婢女们发现后骚动起来,主人自然大惊失色。船夫也吓了一跳,连忙查看,发现河水正从船底一个孔洞中哗哗冒出。船夫慌忙用手边的东西堵住,然而无济于事。若是平时,这一带定有船只通过,不巧当时正值傍晚,水面上不见其他船只。这期间,船内积水越来越多,本就不大的篷船已近沉没。船夫大声呼喊船只前来救援,婢女们也拼命呼救。佐贺町 [1] 河岸有两艘米铺的船

---

[1] 佐贺町:今东京都江东区佐贺,位于永代桥西端隅田川沿岸。

出来营救，然而为时已晚。眨眼之间，那篷船便沉没了。"

说到文久元年，那已是三十多年前的往事。但甫一听闻这等惨事，我还是不禁皱起了眉头。

"没人获救吗？"

"船夫会凫水，在最后关头跳入河中获救。但因幡守好像不识水性，沉入了水中。其余全是女人，妾室阿早、女儿阿春以及三名婢女都被水冲走了。这下出了大事。众人很快去通知了筑地的浅井宅邸。宅邸派出大量人手赶到现场时，已有几艘船只出动打捞尸体，但日头已经落山，水面昏暗，搜救很不顺利。即便如此，因幡守、阿早以及两名婢女，共计四人的尸体还是被找到了。嫡女阿春和婢女阿信两人仍下落不明。

"浅井宅邸大概花了很多钱，牢牢封住了相关人等的嘴，宣称当时船上只有妾室、嫡女和婢女，主人因幡守因乘轿归家而平安无事。四五日后，宅邸禀告幕府因幡守急病骤亡，当年十七岁的嫡子小太郎顺利继任家督。这种事，只要当事宅邸不出纰漏，上头习惯睁一只眼闭一只眼，故而一切顺利解决。但不能就此罢休的是对那艘船的追查。即便主人因幡守当真没有搭船，此事也实实在在令三千石旗本的女儿、妾室和三名婢女沉河，不可能按意外结案，必须追查船底为何会漏水。但船夫千太似乎害怕后患，回了一趟三河屋租船行后，当晚便不知躲到了何处。

"如此情况之下，当事船夫潜逃不仅于本人无益，还会牵连主家三河屋。由于千太不知去向，三河屋遭受种种审问，惹了一身腥。换个角度想，也有可能是主家给千太出的主意，放他逃了，才使事情变得如此棘手。不过，随着追查逐渐深入，差役们发现此案件似乎并非单纯的意外，而是有什么复杂隐情。

"众多旗本宅邸之间有各种各样的矛盾冲突，只是碍于身份，能不追究就不追究。然而，此次事件中死了一个三千石高门的话事人，上头也无法坐视不管。幕府允准浅井家的家督继任后，决定秘密追查事件真相。此事稍有差池，三千石浅井家的家督继任便有可能被取消，导致家门凋敝，这在当时可谓非同小可。

"这重担落到了我的肩膀上。这是我职责所在，我无可奈何，但武家与寻常人家不同，调查起来非常麻烦，让我大感头疼。若是普通民家，我可以毫无顾忌地闯进去审问，可武家府宅可不能贸然踏入一步。尤其面对干我们这行的，对方肯定会冷着一张脸将我们无情赶走，正是所谓的'盲人窥墙'，光从外头窥探根本瞧不见里头的一丁点情况，着实吃不消。"

"即便是如今，华族[1]家事外人依旧难以插手，过去只会更棘手吧。"

"那个时代，就算眼睁睁看着武家府宅内开了大型赌场，町奉行所的人还是不能闯进去。所以，与大旗本宅邸有关的事件，我们都施展不开拳脚。即便如此，差事还是不能不做，我只好竭尽所能。你权且听听吧。"

---

[1] 华族：日本自明治维新后被赐爵位的人及其家族，"二战"后废止。

二

文久元年二月中旬的一个阴天早晨，砂村别庄附近，浅井一家人在生命的最后时刻凄然眺望的梅花在这两天中凋落了大半。春彼岸[1]已近在眼前，暖风吹拂大地。

八丁堀同心拜乡弥兵卫宅邸的小房间中，主人拜乡和半七正凑近额头窃窃私语。

"听着，牛迁水道町[2]的堀田庄五郎，二千三百石，他是浅井因幡守的叔父。还有京桥南饭田町[3]的须藤民之助，八百石，这是因幡的弟

---

[1] 春彼岸：春分及其前后三日的七日间称为"春彼岸"。

[2] 牛迁水道町：今东京都新宿区水道町。

[3] 京桥南饭田町：今东京都中央区筑地六、七丁目的一部分。

弟，过给须藤当养子了。其他虽还有众多亲戚，但堀田和须藤这两家是近亲，便来委托町奉行所暗中追查。还有深川净心寺旁的菅野大八郎，二千八百石，他是因幡守嫡妻阿兰的娘家人，也暗中前来委托。这菅野的要求尤其严厉，说是必要时即便有损浅井家的门楣也在所不惜，要我们务必找出确凿证据。若真是不测意外便罢，可若里头有什么猫腻，他要我们将涉案人等全部抓捕归案，绝不姑息。此事一步踏错便会导致浅井家门败落。他明知如此，却还让我们不必客气，所以事情才难办，无法随意搪塞了。半七，你上心着些。"

"确实无法置之不理。"半七也说，"我虽不知武家后宅的情况，但听说此事发生后，浅井夫人已半疯了。"

"也怪不得她。小妾先不论，丈夫和女儿一下全没了，大多数女子都会发狂。"拜乡也同情地说，"她娘家菅野遣了家中管事过来。据那管事说，浅井夫人阿兰今年三十七岁，是小太郎和阿春的生母。丈夫因幡守年轻时便是有名的美男子。据说阿兰在某处对因幡守一见钟情，费了好些功夫才与他定下亲事。她对丈夫一往情深。若丈夫是病故也就罢了，因这种不测而身亡，她断然不肯轻易罢休。听说不惜损害府邸声誉也要找出铁证也是她的主张。她娘家人应该就是为了传达她的意思，才来委托我们。终归这类事情，要和宅邸打交道就很麻烦。"

"确实麻烦。"半七叹息道，"我总不能去求见夫人。可既然是对方主动委托，堀田、须藤和菅野三家的管事总该肯见我吧？"

"那是自然。但你不要贸然去浅井宅邸。若宅邸里有涉案人员，被他们察觉我们在追查此案可就麻烦了。"

"确实。唉，那我就迂回行事，徐徐图之吧。"

"但也不能查得太慢。"拜乡笑道，"你拿捏着办。"

"涉事渡船检查了吗？"

"当时我不在场，同僚井上过去查了。那船

眼下应该拴在三河屋前的河岸边。这是重要物证，此案了结之前不能让人擅动。反正是艘凶船，总不可能修修补补再拿去载人，事后定是拆了烧了，但在那之前只能小心保管。"

"那么……我先去三河屋看看那艘船吧，或许能想出什么法子来。"

"可别吓唬得太狠。"拜乡又笑道，"三河屋老板这阵子受了不少审问，听说吓得面色惨白，直打哆嗦呢。"

"是，我绝不会动粗的。"

半七笑着告辞了。出了宅邸，外头依旧暖风拂面。半七估摸着要下雨，便立即去了筑地的三河屋。三河屋是这一带的老租船行，半七与老板清吉也不是全然不认识，便在外面随意叫了一声。

"喂，你们老板可在？"

虽说是租船行，这家还出租撒网的渔船和钓舟，故而铺面不怎么雅致。年轻船夫正站在铺前柳树下，仰望上空发呆，见了半七慌忙见礼道：

"哟，头儿，您来啦。"

他是船夫金八。

"金八，"半七笑着说，"你们这回可真是遇上了大风暴。"

"当真是大风暴。原本那天该是我去，千太说帮我顶班，哪知去了竟出了那样的事。多亏了他，我逃过一劫，可千太却像是替我遭了殃，我心里总不是滋味。"

"这么说，是千太主动代你上工？你知不知道千太的下落？"

"他水性不错，平安上岸后回了家一趟。兴许怕之后祸及自身吧，不知何时就没了踪影，老板正头疼呢。"

"千太家住哪儿？"

"深川大岛町，在石料堆放场附近，但他爹去年死了，就不住那儿了。"

"浅井宅邸的死者有老爷……"

"不，老爷没……"

"不必瞒我，我都知道。妾室、小姐以及三名婢女，其中小姐和一名婢女还没打捞上来，没错吧？"

"是。小姐和一名叫阿信的婢女还没找到。那时已到涨潮时刻，兴许真被冲进海里了。那个阿信是我们老板的外甥女，我们也一直留心寻找……"

"那个叫阿信的婢女是这家的外甥女？"半七闻言陷入思考。

据金八说，阿信是租船行老板妹妹的女儿，父母早亡，七岁便被舅舅收养。因浅井宅邸是租船行的老主顾，老板便将阿信送去浅井府上伺候，让她学习礼仪规矩。这事发生在阿信十五岁那年春天。如今她已顺利在宅邸做了七年，今年也二十二岁了。去年老板曾想让她回来，但阿信坚持要再做一段时间，便一直做到了今年，结果竟发生了这样的事。老板夫妇万般后悔，说早知如此，当初就该硬逼她回来。若今日仍找不到人，她肯定已经丧命。可没见到尸体前终归不死心，老板娘今天便去了浅草向观音菩萨求签，老板则说是染了风寒，在里头躺着。

"阿信是个什么样的姑娘？长得好看吗？性子是糊涂还是聪明？"半七问。

"长得不算差，应该说比普通人稍好些。听说人也相当靠得住。"金八回答，"老板膝下没有孩子，本想让阿信小姐招赘，如今自然是不行了。老板和老板娘都垂头丧气的。"

"实在可怜。阿信当初为何不想请辞？"

"我不清楚，但她常说夫人照顾自己，世上没有比那里更好的宅邸了，应该因为这个才不想离开吧。那宅邸里当真个个是好人，少爷温厚，小姐也温婉。"

"全是好人？"

"全是好人。而且少爷算是这一带有名的美少年。虽然去年行了冠礼，但他未剃刘海时的模样简直好比《忠臣藏》里的力弥或《二十四孝》里的胜赖 [1]。在这里搭船时，路上的女子都会驻足

---

[1] 胜赖：歌舞伎剧《本朝二十四孝》女主角八重垣姬的未婚夫，武田信玄的儿子。

观望。"

"怕是因为有这么个少爷，阿信才不想请辞吧。"半七笑道，"金八，我今天是来查案的，可否让我看看当时那艘船？"

"船就拴在那边。"

金八带头来到河岸边。只见那篷船就拴在桩子上。如今正值退潮，这一带临近海口，水面已低下去，靠近岸边的部分已露出了河床。两人走下小小的栈桥，站在船边。

"我是外行，不太懂这些，这船为何会漏水？果真是因为船底破了？"半七说。

"这……"金八歪头道，"他们都猜是船太老旧，船底碰坏了。不过这船虽然陈旧，但还不至于漏水。只是老板让我别乱说话，我才一直没说。我觉得应该是有人做了手脚……"

"什么手脚？"

"有人凿了船底。虽没弄得像酱油桶嘴子那样，但大概是将船底有些腐烂的地方揪下来，弄出个口子，再随便找了片木块堵上缝隙吧。"

"这种事外行人可做不来，会不会是千太弄的？兴许他把浅井宅邸的人送到砂村之后，在等候期间做了手脚。没准他就是因为这个才逃之夭夭。"

横亘的篷船宛如一具亡骸，半七钻进船内，将角角落落全检查了一遍，发现金八所言果然非虚。查案的差役们既已来看过，便不可能不知此事。半七猜想，大约是浅井宅邸为了瞒下此事，暗中运作一番，巧妙地笼络了差役们，将其归为船底的偶发破损。这种事在当时很常见，只是里头有一个疑点：若想秘密了结此事，浅井夫人及其亲戚便没理由去町奉行所走动，要求查明事件真相。浅井宅邸为何一边想隐秘了事，一边又主动招惹是非？半七又陷入思考。

莫非是府中或是亲戚们分为了两派？一派忌惮此事有损家名，希望一切暗中解决；另一派则主张查明原因，找出罪犯。简单来说，会不会是浅井家相关人员分为了一切以家门为重的软弱派和不惜毁灭家门也要彻查是非的强硬派，这才催生了如此结果？半七觉得，无论如何，自己职责所在，必须全力以赴进行追查。

"老板娘不在，老板卧床休息，我也不好强行把他叫起来。今天我就先回去吧。"

半七上岸，告别金八。

"头儿，要不要拿把伞？好像下起雨来了。"

"你们铺上的伞都印着字号，有些显眼。这点小雨，不打紧。我就直接走吧。"

暖风带着些湿气，细雨簌簌落在了铺前柳树上。半七裹好头巾，迈开脚步。

三

浅井因幡守宅邸在本愿寺旁，比邻南小田原町，故而半七很快找到了宅邸。雨越下越大，他佯装避雨，站在了隔壁宅邸门前。

船底的把戏似是千太做的，但他不可能主动起意杀人，恐怕是受人唆使。虽然只要找到千太便能让他开口，但眼下难以得知其下落。妾室阿早若有孩子，此事便也可能是家宅内斗。但阿早没有孩子，而嫡妻则有一子一女，并且据说都是秉性温良之人，如此不可能萌生家宅内斗。

如此左思右想一阵，半七在那儿站了半个时辰，浅井宅邸里连一只狗崽都没出来。不久，雨势越来越大，半七也没了耐心，便叫住恰好路过的空轿子，暂且回了神田家中。

日暮之后，小卒幸次郎来了。

"这雨终于下起来了。"

"看来今年雨水很多。今儿也下起雨，我就半途回来了。"

"您去哪儿了？"

"去了筑地一趟。"

幸次郎饶有兴致地听半七讲述今日之事。

"头儿，有关此案，我也打听到了一些事。您知道，那一带武家宅邸众多，我也认识许多住大通铺的仆役，前阵子听说了许多风声，但这等流言大多漫无边际……可是头儿，里头有件事很有意思，我认为不能当耳旁风……"

"不能当耳旁风……是什么事？"

"听说船难发生当天，主人因幡原本是打算循陆路回府的。兴许就是怕遇上这样的事，主人因幡很讨厌坐船，因而去砂村时，每每都是半程走水路，半程走陆路。原本当天也是打算去程搭船，回程搭轿的，可不知怎么的，回程也搭了船，结果遇上了那样的惨事……说是运气不好，确实如此，但也难说这里头没有猫腻。原本走陆路便没什么，他那天偏要搭船，结果偏偏就沉了船……"

"嗯。除了运气不好，也不能保证里头一定没有文章。"

"正是！我的猜测是这样的。"幸次郎稍微放低音量，"虽不知是谁动的手脚，但恐怕不是冲着主人来的……凶犯大约是以为主人会同往常一样经陆路回府，谁知主人不知为何竟决定搭船，于是受了牵连。三名婢女自然是被殃及的池鱼。如此一来，凶徒的目标要么是妾室阿早，要么是小姐阿春。小姐年纪尚幼，总不会有人想杀她。如此说来，此事大约是冲着阿早来的。"

"若这么说，捣鬼的难道是夫人？"半七将信将疑地蹙眉道。

"有可能。虽然阿早的名声不差，但她与夫人终究是妾室与嫡妻之别，两人之间大约有外人所不知的矛盾。眼下夫人宛若神志半失，不惜有损门楣也要我们彻查真相，难保不是为了掩盖心虚。"

"意外杀夫……姑且说得通，但她为何要杀女儿？她就算再恨妾室，也不可能让自己的亲生女儿陪葬吧？总能该有法子只杀妾室一人？"

"不，这里头颇有缘由。阿春小姐可爱似人偶，性子也温厚，但不知为何自小亲近妾室阿早，听说阿早也待她视如己出。头儿，我是这么想的。从夫人的角度看来，像不像阿早因未有所出，故而善待阿春加以笼络，借此与夫人角力？若是这样，即便是亲生女儿，夫人也不会疼爱阿春，难保不会产生干脆将她一齐沉河的恶毒想法。"

"你倒也做了许多推敲。"半七微笑道，"而且说得并非全无道理。女人有时确实会产生出人意料的骇人想法。那么，假定此事是夫人所为，她不可能亲自委托船夫，定有人在中间牵线搭桥……"

"是婢女阿信吧。"

"哦，租船行的外甥女。若是这样，阿信应该还活着。"

"她自小长在小田原町河岸边的租船行里，应该会凫水。我想她应该偷偷上了岸，躲藏起来了。"

"的确有可能。"

半七口中嘟囔着，她会不会是第二个大阪屋花鸟？但此事与花鸟的案子不同，颇为棘手。即便一切真如幸次郎所料，那也不过是臆测，必须找到确凿的证据。

"看来必须找出阿信和千太的下落了。你一个人估计忙不过来，去找阿龟或庄太给你搭把手。我想去妾室娘家看看。她出身何处？"

"听说是出入浅井宅邸的造园师的女儿，暂时不知娘家在哪儿。这点小事马上就能查到，我明天就给您查清楚。"

幸次郎接了差事离开。雨下了一夜，翌日早晨已是万里无云。

"这可真是意外之喜。"半七眺望窗外大街。外头艳阳高照，恐怕性急的彼岸樱都要忍不住开出花来。这样的早晨，没有公务的人怕也忍不住出门走一走。但半七眼下还不知阿早娘家在哪儿，不能随意出门。半七心不平气不静地干等了半天，幸次郎终于在近午时赶了过来。

"头儿恕罪，来晚了。我在浅井府邸附近找了两三个熟人打听，不巧几个人都不在家，费了些时间。但现在已经查清了。浅井妾室的父亲是小梅村造园师长五郎，家住业平桥再过去点。"

"好，知道了。那我现在就去一趟小梅。昨晚说了，你找个人给你搭手，去查阿信和千太的下落。他们或许会偷偷去筑地三河屋，所以那边也不能疏忽。"

半七吩咐完幸次郎，匆匆离开。他走过吾妻桥来到中之乡，当时这一带都是乡下，所谓的商家其实大多是农人。偶尔见到些看似不做买卖的普通住家，其实都是《梅历》中的丹次郎住的那种索居陋屋。这一带素来行人稀少，雨后道路颇为泥泞。半七已有心理准备，穿了矮齿木屐前来，可木屐底下的两根齿还是陷入泥中，教人无法行走自如。

半七好不容易穿过泥泞路，来到南藏院寺门前，一旁便是森川伊豆守宅邸岗哨。过了业平桥，放眼皆是广阔的农田，其中点缀着农家院落与造园师的花木场。半七略一打听，马上就知道了长五郎家在哪儿。

毕竟主顾里有大旗本宅邸，加之女儿嫁进浅井宅邸，想必领了不少聘金，长五郎家在这一带是惹眼的大宅，广阔的花木场中种着众多郁郁葱葱的树木。门口栽着一株标志性的大柳树，稀稀拉拉的方格篱笆外还有一条小水沟。走过沟上的土桥，进入花木场，只有鸡在悠闲地咕咕叫，衬得四下里愈发地寂静。

这也难怪，毕竟家中刚办过丧事。这么想着，半七寻找着屋宅的入口，来到朝南的外廊上。这儿也有棵高大的山茶树，上头缀满了红色花蕾。

"有人吗？"

叫过两三次门后，里头终于出来一位四十五六岁的妇人。半七心忖她应是阿早的母亲，客气见礼道：

"我是出入筑地浅井大人府多年的门窗铺商人……对于此次祸事，实在不知该说些什么……本该立刻过来吊唁，谁知竟染了风寒卧床小半个月，这才拖到了今天。"

说着，半七递出事先备好的线香和奠仪。妇人似高兴又似过意不去地收下，并郑重道谢。即便是主家常年往来的商家，若没有特殊关系是不会特意到妾室娘家吊唁的。这位外表实诚的妇人欣喜于自称门窗铺商人的男子的好意，立刻将他迎入屋中。半七来到内室，在灵前上了香后回到原来的外廊，妇人已备好了茶水和烟盘。她的确就是阿早的母亲，名为阿富。

"祸不单行，亲戚家又有人办丧，阿早她父亲昨晚便没回来。"

阿富又道半七远道而来，让他好好歇息再走。这妇人和颜悦色，怎么看都不像有恶意。半七承了妇人的挽留，坐下吸烟。此时，浅草寺传来了八刻（下午二时）钟声。

四

　　半七与阿富是初次见面，两人没聊什么特别的。只是眼下这个场合，话题自然而然又扯回到那桩事。失去爱女的母亲眼里不断涌出新泪。根据阿富的描述，她丈夫长五郎是个刚直的匠人性子，认为女儿是陪着承恩多年的老爷出门才遇上此事，故而死了也不必遗憾，又严厉叮嘱妻子和家中众人，绝不可胡乱说话，连累宅邸。

　　"尊夫的心情，我感同身受。"半七同情地说，"但悠悠众口，也有人对此事说三道四。"

　　"他们都说什么？"阿富擦着眼泪问。

　　"其实……这话在你们面前有些难以启齿……"半七有些迟疑地说，"外头说有人在船底动了手脚……"

　　"外头果真这样传？"

"说是有人想溺死二夫人……"

说着，半七偷偷打量对方的脸色，见阿富正默不作声地想着什么事。

"恕我直言……不论哪家府宅，嫡妻和妾室总是处不好的……"

"哎，这位老爷，这话可说不得。"阿富责备道，"您觉得是大夫人做了手脚淹死我家女儿？这不对，简直大错特错。唯独大夫人不可能做出那样的事。她当真是个顶好的人，这我敢保证。您究竟是听谁说的那种话？"

在阿富的激烈诘问之下，半七有些哑口无言。

"不，也不是说肯定是夫人做的。宅邸里男女众多，其中自然可能有与令爱关系不好的，也可能因某事怨恨令爱……"

"那倒确实有可能被怀恨在心……"

听那口吻，夫人似是想到了什么，半七趁机追问道：

"毕竟世上也有那种颠倒是非黑白，将自己的过错高高挂起，反去埋怨他人的人。您心里可有什么头绪？"

阿富又陷入沉默。看来这对夫妇真如他们自己所说，绝不透露会给宅邸惹来麻烦之事。半七认为，要想让对方松口，自己恐怕也得解下头巾，亮出真实身份。

于是，他亮明身份，并详细说明此事并非町奉行所主动调查，而是受夫人和宅邸亲属之托。阿富听罢，态度有了些许转变。

"事情便是如此，还请您如实说出一切，否则我也很难办。"半七告诫道，"虽然你说夫人良善，可眼下夫人却是最有嫌疑之人。若你是为了夫人好，岂不应该将知道的事情和盘托出？我是个男人，决不会向他人透露对宅邸不利的事，反正这里也没别人，你就把你知道的全说出来吧。"

"可是，此事没有确证……"阿富似乎仍在迟疑。

"不，我当然不会将你说的话直接当作证据，只想心里有个底罢了。令爱近来可曾归宁？"

"去年岁暮回来过。"

"一个人来的？"

"带了个名叫阿信的婢女。"

"阿信是个什么样的人？"

"长得不错，好像也挺稳重。"

这和船夫金八的说法相符。但从阿富的口吻听来，她似乎对阿信没什么好印象。

"既然让她陪同，想必令爱很喜欢她。"

"并非如此。听小女说，只因有不方便在宅邸里谈的私话要说，才将她带了回来。两人在里屋对谈了好一阵。"

"您可知她们谈了些什么？"

"我们都避在远处，两人也是窃窃私语，故而完全不知她们聊了什么。"

"那她们回去时情况如何？"

"好像两人的脸色都不太好……尤其是阿信，面色十分苍白。"

"之后令爱便再没回来过？"

"开春后再没回来过。年节那次见面便是永别。"阿富又哭了起来。

阿早与阿信在此密谈了什么？两人究竟是敌是友？回府时又为何面色不善？这些都是难解的谜题，半七也一筹莫展。

"那日的事先搁一旁，之前你可曾听令爱说过什么？"半七又问。

"不，宅邸内的事，女儿并未说过别的了。"

此时，里头的纸门忽然拉开，出现一位五十来岁的男人。

"承蒙来访，我是造园师长五郎。"他跪坐在半七前，客气地俯首行礼道，"亲戚家办丧，我昨晚便去帮忙，刚刚才回来。"

看来他方才便已到家，偷听了一阵妻子与半七的问答。察觉到这点，半七转身面对他道：

"方才我已对尊夫人说过，此次事件似乎内情复杂……"

"关于此事，头儿，事到如今，我便坦白说了吧……"

他用眼神示意妻子退下，阿富有些不安地离开。长五郎望着她的背影，低声说道：

"这事若让拙荆听见，只会徒增忧扰。况且女子多舌，难保她往外头说什么，所以我一直瞒着她。去年十月，小女参拜寺院回来后来到家中时，正巧拙荆出门，她便与我聊了一阵才回去。当时，我从小女口中听说了一些事……"

"嗯。"半七不禁往前膝行一步，"听说了什么事？"

"也没什么特别的……"长五郎又迟疑道。

"不论你现在说什么，我都会左耳朵进右耳朵出。自然，我不会给你添麻烦，也不会对宅邸不利。还请你不要顾虑，说与我听。"半七催促道。

"是。"

"你不要老让我心焦。我也不是来听玩笑或打趣的，还请你慎重回话。"

半七略有些不耐。

长五郎欲言又止，一直支支吾吾。

五

翌日早晨，幸次郎风风火火地来到半七家。

"头儿，早。开门见山，昨晚出了件怪事。"

"怎么了？你来得也太早了。"

刚洗完脸的半七在起居室长火盆前堪堪坐好，幸次郎立刻说道：

"我与庄太分头行事，在筑地三河屋附近盯梢，结果昨晚四刻（晚上十时）左右吧，有个家伙裹着脸从那家租船行出来了。我跟了小半町距离，在本愿寺桥边冷不丁唤了声'喂，大哥'，那人便惊讶地回过头来。我仔细一瞧，竟也不是生面孔，而是深川的阿寅……"

"深川阿寅……是什么人？"

"也是船夫，住在大岛町石料堆放场旁，叫寅吉。虽说是船夫，但半以赌博为生，一个搞不好

300

便能把自己送进传马町的大狱里去……我见他从三河屋出来，便觉得该审他一审，于是收拾了他一顿。结果他坚称自己只是来找朋友千太，其他什么都不说。我问他千太在不在。他说前阵子就不见人影，三河屋也在找人。我又问他来找千太做什么。他说那次船难之后，千太就没在大岛町露过面，他担忧千太近况才来看看。再这么争论下去也没完没了，我便先放了他。但后来仔细一想，阿寅说来找人恐怕是假的，搞不好是来替千太传信……"

"这么说，你是觉得阿寅那厮知道千太的下落？"

"是。要不要干脆把他抓来？"

"哎，别急。"半七制止道，"冒冒失失抓了阿寅那厮，可能会让关键的千太闻风而逃。哎，眼下暂时按兵不动，先盯好他的行踪。"

"是。"

幸次郎应下差事离开了。之后，半七前往牛迂的堀田家、京桥的须藤家和深川的菅野家请求私下会见管事，结果有的说管事外出不在，有的说无法会面，要不就说此事已交由八丁堀差役督办，有问题便去八丁堀，宅邸拒绝直接会面。三家都跟商量好了似的给半七吃闭门羹，根本无处着手。自己找人帮忙，现在又这副嘴脸算什么事？半七暗暗咂嘴，因早已知晓武家宅邸里的事大抵都是如此，心里已有所准备。眼下只能凭借从小梅村长五郎处打听到的秘密作为唯一线索，暗中进行调查了。

案子总也没有进展，半七与手下的小卒们心急如焚。十来日后发生的两起事件，更惹得他们火烧火燎。其中一件发生在二月二十三日早晨，那个名叫寅吉的深川船夫被人杀了。净心寺后头是山本町[1]，从那里通往三好町木材堆放场的地方有座小桥。寅吉的尸体便漂浮在桥下。尸体背部有一道自右肩斜线劈下的刀伤，如此看来，凶徒恐怕是武士，从背后一刀砍死寅吉，再将尸体抛

---

[1] 山本町：今东京都江东区平野二丁目。

入河中。

验尸之后，差役们认为是近来盛行的试刀杀人，可试刀的武士不会特意将尸体抛入河中。根据幸次郎的报告，半七已大致推断出凶手是谁。一直盯着寅吉行踪的幸次郎已在暗中亲眼看见寅吉如何到达案发地点，又被何人砍杀。凶手发现躲在暗中窥伺的幸次郎后，飞快逃走。

第二件事发生在二月二十八日早晨，筑地南小田原町河岸边发现了一对殉情男女的尸体。殉情事件发生于三河屋铺前河岸边绑着的篷船中，正是那艘进水溺毙浅井宅邸主仆几人的篷船。这艘船本该在浅井案解决后烧毁，谁知又上演了第二桩悲剧，众人都道这是一艘被诅咒的船。

关于此次殉情事件，外头流言不少，实际亲眼所见之人没有几个。当人们听到流言赶来围观之时，两具尸体已被收拾停当，徒留见证了一切的篷船被春雨打湿。

"殉情的是一位俊美的年轻武士和一名年轻女子。"

见过的人如此宣扬。男子是十七八岁的俊美武士。女子年纪二十前后，看打扮像是在武家侍奉的婢女。二人坐在船内，男子先用短刀刺死女子，再割喉自尽。

下午，又有人传播如下风言：

"男子似乎是附近浅井大人家的公子，女子则是三河屋的阿信。"

前面说过，两具尸骸早已收走，这些终究只是流言，但半七却知道他们所言非虚。

"喂，阿幸，这事情严重了。"

"当真令人咋舌。若能早点找到阿信，事情也不会变成这样……"幸次郎也遗憾地说。

"浅井家也有错。如今继任家督的小太郎两三天前便离家出走了，他们却秘而不宣。若他们能私下跟八丁堀的老爷们打声招呼，我们也能想些办法……不过，大约是家中屡屡出事，宅邸也觉得难堪，这才没知会八丁堀，自行派人暗中寻找少主的下落了……事到如今已无力回天，三千石的宅邸定会遭褫夺。"

"想必如此。"

"前代家主溺亡还可说是意外遭难，可现在又出了这样的事，浅井家怕是回天乏术了。"半七叹息道，"仔细一想，我也有错。前阵子听了小梅村长五郎的话，本该立即上报八丁堀老爷的，这样老爷们兴许会暗中知会浅井宅邸，让他们严密监视少主的行踪。只是此事关乎宅邸名声，长五郎哭着求我千万不要外传。我见他可怜，沉默至今，结果适得其反。干我们这行绝对不能心软。"

"这阵子没栽过比这更大的跟头。头儿，接下来该怎么办？"

"眼下此案还无法落幕。既然阿信之前没有沉河，千太兴许也会从哪里偷溜出来。"

"那我们再去深川继续盯着？"

"嗯，对，只能去寅吉家附近盯梢了。"

寅吉是单身汉，无法从他的家人入手调查。邻居们有力出力，为他草草办了个葬礼，故而他家现在是空屋。千太有可能不知此事，仍偷偷过来找他。此番正是看准了这点才继续盯梢。

"你和庄太耐心在深川盯着。"半七说，"万一哪天那小子也被人一刀砍死，这事可就全完了。"

打发走幸次郎后，半七又思索了一阵。虽说牵扯上武家宅邸的事情向来棘手，但此事总是不凑巧，什么都落后一步，实在叫人懊丧。虽然浅井夫人不惜败坏门楣也要查清真相，但浅井家终归会败落下去。如此一想，夫人实在可怜。半七认为，至少也得为夫人实现愿望，查清此次案件的来龙去脉，让她得偿所愿。这是自己的职责所在。

傍晚，他似乎想到了某事，忽然离开了神田自宅。二十八日天刚黑，白日的春雨已停了，空中笼着一层轻纱薄雾，前路昏暗。街边店家的灯火宛如浸在水中。半七在雾霭之中往筑地方向走去。

他来到南小田原町，从外头窥伺租船行三河屋。今晚他们卸下了屋檐上的挂灯，似乎歇了生意。半七向隔壁的竹仓租船行一打听，说是仵作一验完阿信的尸体，他们便将尸体送去了下谷稻荷町[1]老板娘老家，今晚似要悄悄守夜，故而三河屋的人都去了下谷，只有老板清吉留守家中。

半七再度来到三河屋铺子前呼唤，老板便从里头出来。清吉是个年过四十的壮实男人，见了半七，若有所思地皱了皱眉，又立刻亲昵地招呼道：

"原来是头儿来了，快这边请……"

"祸事接二连三，真是难为你们了。"半七在店头坐下，"清吉，我今夜是为公事而来，也请你心里有个底，适当地回应我。"

清吉端正姿势，默默点了点头。

"废话不多说，我有件事想问你。上月那事以来的小一个月间，你外甥女阿信都躲在哪儿？"

"不知。"清吉直截了当地说，"其实我也觉得奇怪，她到底是从哪儿冒出来的？小一个月都没见消息，我便也死了心，以为她早已不在世，

---

[1] 下谷稻荷町：原本在今东京都台东区东上野二丁目至四丁目的地名，此处在江户时代原本是下谷稻荷神社。

尸体被冲进了遥远的大海。谁知她竟忽然冒了出来，还在这边河岸做出了那样的事……简直像在做梦。"

"当真是一场噩梦。其实我也做了个怪梦。"半七笑道。

"哦？"

"不如我说给你听听？"

"这……"

清吉不知半七想说什么，直直望着对方的脸。半七依旧笑着，继续说道：

"横竖只是个梦，兴许会有些不合条理，你权且听听吧。这儿有家大宅，里头有位嫡妻和一位侍妾。嫡妻生性良善，侍妾也是个好人，因此宅中不可能爆发内斗。然而此中有一事甚为棘手，那便是嫡妻所出的嫡子少主是个了不得的美男子。不论在哪儿，美男子总会犯桃花。嫡妻身边的一个侍女爱上了少主。正如古话所说，爱美之心，人皆有之。女子狂热地接近少主，最终与他有了肉体上的纠缠。她一介婢女，不可能成为少主的嫡妻，便想着成为侍妾，一生陪伴少主左右……此实乃人之常情，可惜此愿依旧难遂。当然，纳妾不须讲求出身，只是女子年长于男子，加之相当稳重能干，一步踏错，将来便可能引发子女夺嫡之乱。让这样的女人待在少主身边，究竟是好是坏？事情到此，不就有些棘手了吗？你说是不是？"

说着，半七打量着清吉的脸色，后者则避开他的凝视，垂下眼眸。以清吉的年岁来说，他的白发多得出奇。散落的鬓发在昏暗的座灯灯光前微颤。

"有个说法叫'灯下黑'，更何况那是一处大户，没人察觉少主与婢女的私情，连老爷和夫人都不知道。只是若要人不知，除非己莫为，此事也不知怎的，竟被年幼的小姐撞见了。那小姐也不同寻常，竟然亲近侍妾甚于亲母，故而将此事悄悄告知了侍妾。原本侍妾只须立即禀报嫡妻或者管事，让他们设法处置便罢，可她却将之埋藏心中，想要就此揭过。侍妾自然没有恶意，只是不希望少主蒙羞，出于忠义才如此行事。谁知这忠义之举竟种出恶果，酿成大祸。事情是这样的。去年岁暮，侍妾归宁问候父母，赠送节礼时，将那位婢女也带了去，并暗中告诫婢女，与她说清缘由，希望她断了对少主的心思，待来年三月换雇时请辞返家。侍妾此言既是为了宅邸好，也是为了当事人好。只是婢女已经被爱情冲昏了头脑，不仅对侍妾的建议充耳不闻，反而怨恨起她来。她一心认为侍妾慷他人之慨，为显忠义而强行拆散自己与少主。喂，清吉，我的梦做到这儿就醒了，后面的事你应当再清楚不过。现在就换你来讲讲你做的梦吧。想必你要说很久，我边吸烟边听你说。"

半七取下腰上挂着的烟袋，徐徐吸起烟来。不久，清吉崩溃般双手撑地叩拜道：

"头儿，小人认罪。只因小人太过疼爱唯一的外甥女……请您见谅。"

"这我自然察觉到了。凭你在外头的名声也看得出来，你本性不坏。即便如此，你这事干得也太过粗暴。再怎么说，你们干这行的，怎么能做出《咔嚓咔嚓山》里貉子的泥船那样的事，将一众主仆沉河呢……"

"不必您说，我如今也追悔莫及。我怎会做出那样胆大妄为的事，连我自己都觉得恐怖！只因我唯一的外甥女哭着求我……我才一时鬼迷心窍，做出了如此错误的决断……实在是罪无可恕。"

清吉苍白的脸庞尽湿，不知是汗是泪。

六

"这故事很复杂啊。"我听到这里，歇了口气。

"看着复杂，其实非常直白。"半七老人笑道，"说到这里，你大抵已明白了吧？"

"还有许多不明白的。照方才的话来看，应该是那个叫阿信的女子为了杀死阻碍自己恋情的妾室阿早，说服舅父在船底做了手脚。因小姐是敌方一员，便将她一齐淹死……"

"她本无意弑杀老爷，只是不巧那日老爷也搭船回府，这才遭了波及。运气不好时实在无可奈何。"

"看来阿信就是第二个大阪屋花鸟了。"

"是。她从小长在筑地河岸，水性不错。现在流行海水浴，漂亮姑娘们啪嗒啪嗒地打水游泳。但在江户时代，若是渔夫的女儿尚还可能，普通女子鲜有会水的。花鸟也好阿信也好，若她们不识水性，或许也不会想到那些个坏主意。"

"那船夫千太后来如何了？"

"这里头也有故事。"半七老人说，"千太是受老板指示，无法拒绝。当然，他应该也收了一笔相当丰厚的封口费。总之，他接下了差事，将浅井一行人送至砂村别庄，在等待回程时凿穿了船底。他在紧要关头游泳逃生，先回了一趟三河屋。但他若遭各方审问会很麻烦，老板便让他躲起来。"

"他躲到哪儿去了？"

"他逃去了好友寅吉家，好像藏在橱柜里。寅吉也是个坏胚，在明知一切的情况下藏匿了千太，还时不时借帮千太带话的名头去三河屋索钱，只是不知砍死他的是谁。据尾随寅吉的幸次郎说，寅吉走到山本町桥头时，一名蒙面武士从后头快步追来，一刀就砍死了他，恐怕是菅野家的人。如前所述，菅野家是浅井夫人娘家，宅邸在深川净心寺旁。寅吉似乎以浅井船难事件为把柄，去菅野家说了些类似勒索的话。宅邸也觉得麻烦，给了几个钱把他打发走，接着又派人追上去一刀砍死……我当初只是吃了闭门羹，寅吉则是命都没了。总之，寅吉被杀，千太也没办法，只好逃出寅吉家，到处投靠好友，但是每家人都怕受牵连，不让他久住。不久，他听说老板清吉被我缉拿，大约觉得逃脱无望了吧，便老老实实来投案自首，审案期间死在了牢里。"

"阿信是不是躲在清吉媳妇的娘家了？"

"阿信原本打算游到岸边，收拾停当湿透的衣服，再以唯一幸存者的身份回到浅井宅邸……但她改变了主意，听说是因为篷船沉没的最后一刻，妾室阿早眼神恐怖地瞪着她，喊了一句'阿信'。阿信以为被发现了，骤然感到害怕，拼命游到岸上后便不想再回宅邸。她在外头躲了一阵，等天黑后便去下谷稻荷町，也就是清吉媳妇的娘家躲了五六天，之后又偷偷回到筑地三河屋，藏身二楼。我第一次去三河屋盘问船夫金八时，她便躲在二楼。结果我毫无察觉，就这么回来了，实在是太过疏忽。

"要说阿信是怎么把少主叫出来的，清吉也

不知道，只说少主突然就来了三河屋，想必是阿信用了什么手段将他唤了出来。少爷住在三河屋二楼，当夜与阿信一起偷溜进那艘篷船中殉情了。但清吉却说自己毫不知情，这一点着实奇怪。首先，他根本无须让少主留宿。因为浅井家就在附近，夜再深也该送他回去。可清吉却让他宿在自家二楼，以致发生了那样的事，他实在难逃重责。浅井宅邸说少主两日前离家出走，清吉却说他是殉情那晚才来。两边说法不一，但清吉兴许两日前便让少主躲藏在三河屋也未可知。

"照这样考虑，似乎是阿信知晓自己无法如愿，与舅父清吉商量之下，将少主引上了黄泉路。清吉大概因心疼外甥女，让少主躲在二楼，并让两人叙够了彼此的情谊后才送两人去殉情吧。船难一事若是败露，清吉和阿信自然难逃一死。尤其阿信稳重能干，自然执念更深。至于被她魅惑的少主着实可怜，他虽然生了一副能让女人意乱情迷的好皮相，然而他天生身子弱、性子软，自然承受不住接二连三的打击——突然与父亲和妹妹死别，匆忙之中又继任家督，精神已经接近崩溃，以至于最后被引上死路。他又不知阿信下落，正神思恍惚之际，乍见到原以为早已死去的阿信，便在她的花言巧语之下迷迷糊糊萌生了死意吧。这事虽不新鲜，但受女人迷恋着实可怕。正因少主受阿信迷恋，才会发生这般大事，令三千石的门户毁于一旦。"

"小姐的尸骸一直没找到？"我最后问道。

"阿春小姐……"老人痛心地皱眉道，"虽不知怎么漂过去的，但尸体最后在房州海面上找到了。我事后才知道，当时房州的渔民出海捕鱼，活捉了一条大鲨鱼。剖开它的肚子一看，里头竟有一具年幼女孩的尸骸。当时并不知晓女孩是谁，后来似乎凭借衣物和随身物品确认了她就是浅井家的小姐。厄运接二连三，全都凑到了一起，简直不像话。浅井夫人阿兰虽回了娘家，可丈夫和女儿溺死，儿子殉情，她也不免变得疯疯癫癫，听说不久便去世了。三河屋的清吉也和千太一样，审问期间死于狱中。"